पहला पाठ

कहानी संकलन

पहला पाठ

भीष्म साहनी

राजकमल प्रकाशन

ISBN : 978-81-267-0100-1

मूल्य : ₹250

पहला संस्करण : 1957
तीसरा संस्करण : 2018

प्रकाशक : राजकमल प्रकाशन प्रा. लि.
1-बी, नेताजी सुभाष मार्ग, दरियागंज
नई दिल्ली-110 002

शाखाएँ : अशोक राजपथ, साइंस कॉलेज के सामने, पटना-800 006
पहली मंजिल, दरबारी बिल्डिंग, महात्मा गांधी मार्ग, इलाहाबाद-211 001
36 ए, शेक्सपियर सरणी, कोलकाता-700 017

वेबसाइट : www.rajkamalprakashan.com
ई-मेल : info@rajkamalprakashan.com

मुद्रक : बी.के. ऑफसेट
नवीन शाहदरा, दिल्ली-110 032

PAHALA PATH
Stories by Bhishma Sahni

कल्चरल फोरम दिल्ली के सहयात्री
मित्रों के नाम

अनुक्रम

चीफ की दावत

आज मिस्टर शामनाथ के घर चीफ की दावत थी।

शामनाथ और उनकी धर्मपत्नी को पसीना पोंछने की फुर्सत न थी। पत्नी ड्रेसिंग गाउन पहने, उलझे हुए बालों का जूड़ा बनाए, मुँह पर फैली हुई सुर्खी और पाउडर को भूले, और मिस्टर शामनाथ सिगरेट-पर-सिगरेट फूँकते हुए, चीजों की फेहरिस्त हाथ में थामे, एक कमरे से दूसरे कमरे में आ-जा रहे थे।

आखिर पाँच बजते-बजते तैयारी मुकम्मल होने लगी। कुर्सियाँ, मेज, तिपाइयाँ, नैपकिन, फूल—सब बरामदे में पहुँच गए। ड्रिंक का इन्तजाम बैठक में कर दिया गया। अब घर का फालतू सामान अलमारियों के पीछे और पलंगों के नीचे छिपाया जाने लगा। तभी शामनाथ के सामने सहसा एक अड़चन खड़ी हो गई, माँ का क्या होगा?

इस बात की ओर न उनका और न उनकी कुशल गृहिणी का ध्यान गया था। मिस्टर शामनाथ, श्रीमती की ओर घूमकर अंग्रेजी में बोले, "माँ का क्या होगा?"

श्रीमती काम करते-करते ठहर गई, और थोड़ी देर तक सोचने के बाद बोली, "इन्हें पिछवाड़े इनकी सहेली के घर भेज दो। रात-भर बेशक वहीं रहें। कल आ जाएँ।"

शामनाथ सिगरेट मुँह में रखे, सिकुड़ी आँखों से श्रीमती के चेहरे की ओर देखते हुए पल-भर सोचते रहे, फिर सिर हिलाकर बोले, "नहीं, मैं नहीं चाहता कि उस बुढ़िया का आना-जाना यहाँ फिर से शुरू हो। पहले ही बड़ी मुश्किल से बन्द किया था। माँ से कहें कि जल्दी ही खाना खा के शाम को ही अपनी कोठरी में चली जाएँ। मेहमान कहीं आठ बजे आएँगे। इससे पहले ही अपने काम से निपट लें।"

सुझाव ठीक था। दोनों को पसन्द आया। मगर फिर सहसा श्रीमती बोल उठी, "जो वह सो गईं और नींद में खर्राटे लेने लगीं, तो? साथ ही तो बरामदा है, जहाँ लोग खाना खाएँगे।"

"तो इन्हें कह देंगे कि अन्दर से दरवाजा बन्द कर लें। मैं बाहर से ताला लगा दूँगा। या माँ को कह देता हूँ कि अन्दर जाकर सोएँ नहीं, बैठी रहें, और क्या?"

''और जो सो गईं, तो? डिनर का क्या मालूम, कब तक चले? ग्यारह-ग्यारह बजे तक तो तुम ड्रिंक ही करते रहते हो।''

शामनाथ कुछ खीज उठे, हाथ झटकते हुए बोले, ''अच्छी-भली यह भाई के पास जा रही थीं। तुमने यूँ ही खुद अच्छा बनने के लिए बीच में टाँग अड़ा दी!''

''वाह! तुम माँ और बेटे की बातों में मैं क्यों बुरी बनूँ? तुम जानो और वह जानें!''

मिस्टर शामनाथ चुप रहे। यह मौका बहस का न था, समस्या का हल ढूँढ़ने का था। उन्होंने घूमकर माँ की कोठरी की ओर देखा। कोठरी का दरवाजा बरामदे में खुलता था। बरामदे की ओर देखते हुए झट से बोले, ''मैंने सोच लिया है,'' और उन्हीं कदमों से माँ की कोठरी के बाहर जा खड़े हुए।

माँ दीवार के साथ एक चौकी पर बैठी, दुपट्टे में मुँह-सिर लपेटे, माला जप रही थीं। सुबह से तैयारी होती देखते हुए माँ का भी दिल धड़क रहा था। बेटे के दफ्तर का बड़ा साहब घर पर आ रहा है, सारा काम सुभीते से चल जाए।

''माँ, आज तुम खाना जल्दी खा लेना। मेहमान लोग साढ़े सात बजे आ जाएँगे।''

माँ ने धीरे से मुँह पर से दुपट्टा हटाया और बेटे को देखते हुए कहा, ''आज मुझे खाना नहीं खाना है, बेटा। तुम तो जानते हो, मांस-मछली बने, तो मैं कुछ नहीं खाती।''

''जैसे भी हो, अपने काम से जल्दी निपट लेना।''

''अच्छा, बेटा।'

''और माँ, हम लोग पहले बैठक में बैठेंगे। उतनी देर तुम यहाँ बरामदे में बैठना। फिर जब हम यहाँ आ जाएँ, तो तुम गुसलखाने के रास्ते बैठक में चली जाना।''

माँ अवाक् बेटे का चेहरा देखने लगीं। फिर धीरे से बोलीं, ''अच्छा, बेटा।''

''और माँ, आज जल्दी सो नहीं जाना। तुम्हारे खर्राटों की आवाज दूर तक जाती है।''

माँ लज्जित-सी आवाज में बोलीं, ''क्या करूँ बेटा, मेरे बस की बात नहीं है। जब से बीमारी से उठी हूँ, नाक से साँस नहीं ले सकती।''

मिस्टर शामनाथ ने इन्तजाम तो कर दिया, फिर भी उनकी उधेड़-बुन खत्म नहीं हुई। जो चीफ अचानक उधर जा निकला, तो? आठ-दस मेहमान होंगे, देसी अफसर, उनकी स्त्रियाँ होंगी, कोई भी गुसलखाने की तरफ जा सकता है। क्षोभ और क्रोध में वह झुँझलाने लगे। एक कुर्सी को उठाकर बरामदे में कोठरी के बाहर रखते हुए बोले, ''आओ माँ, इस पर जरा बैठो तो।''

माँ माला सँभालती, पल्ला ठीक करती उठीं, और धीरे से कुर्सी पर आकर बैठ गईं।

"यूँ नहीं माँ, टाँगें ऊपर चढ़ाकर नहीं बैठते। यह खाट नहीं है।"

माँ ने टाँगें नीचे उतार लीं।

"और खुदा के वास्ते नंगे पाँव नहीं घूमना। न ही वह खड़ाऊँ पहनकर सामने आना। किसी दिन तुम्हारी वह खड़ाऊँ उठाकर मैं बाहर फेंक दूँगा।"

माँ चुप रहीं।

"कपड़े कौन-से पहनोगी, माँ?"

"जो हैं, वही पहनूँगी, बेटा! जो कहो, पहन लूँ।"

मिस्टर शामनाथ सिगरेट मुँह में रखे, फिर अधखुली आँखों से माँ की ओर देखने लगे, और माँ के कपड़ों की सोचने लगे। शामनाथ हर बात में तरतीब चाहते थे। घर का सब संचालन उनके अपने हाथ में था। खूँटियाँ कमरों में कहाँ लगाई जाएँ, बिस्तर कहाँ पर बिछें, किस रंग के पर्दे लगाए जाएँ, श्रीमती कौन-सी साड़ी पहनें, मेज किस साइज की हो...शामनाथ को चिन्ता थी कि अगर चीफ का साक्षात् माँ से हो गया, तो कहीं लज्जित न होना पड़े। माँ को सिर से पाँव तक देखते हुए बोले, "तुम सफेद कमीज और सफेद सलवार पहन लो, माँ। पहन के आओ तो, जरा देखूँ।"

माँ धीरे से उठीं और अपनी कोठरी में कपड़े पहनने चली गईं।

"यह माँ का झमेला ही रहेगा," उन्होंने फिर अंग्रेजी में अपनी स्त्री से कहा, "कोई ढंग की बात हो, तो भी कोई कहे। अगर कहीं कोई उल्टी-सीधी बात हो गई, चीफ को बुरा लगा, तो सारा मजा जाता रहेगा।"

माँ सफेद कमीज और सफेद सलवार पहनकर बाहर निकलीं। छोटा-सा कद, सफेद कपड़ों में लिपटा, छोटा-सा सूखा हुआ शरीर, धुंधली आँखें, केवल सिर के आधे झड़े हुए बाल पल्ले की ओट में छिप पाए थे। पहले से कुछ ही कम कुरूप नजर आ रही थीं।

"चलो, ठीक है। कोई चूड़ियाँ-वूड़ियाँ हों, तो वह भी पहन लो। कोई हर्ज नहीं।"

"चूड़ियाँ कहाँ से लाऊँ, बेटा? तुम तो जानते हो, सब जेवर तुम्हारी पढ़ाई में बिक गए।"

यह वाक्य शामनाथ को तीर की तरह लगा। तुनककर बोले, "यह कौन-सा राग छेड़ दिया माँ! सीधा कह दो, नहीं हैं जेवर, बस। इससे पढ़ाई-वढ़ाई का क्या ताल्लुक है! जो जेवर बिका, तो कुछ बनकर ही आया हूँ, निरा लंडूरा तो नहीं लौट आया? जितना दिया था, उससे दुगना ले लेना।"

"मेरी जीभ जल जाए बेटा, तुमसे जेवर लूँगी? मेरे मुँह से यूँ ही निकल गया। जो होते, तो लाख बार पहनती!"

साढ़े पाँच बज चुके थे। अभी मिस्टर शामनाथ को खुद भी नहा-धोकर तैयार होना था। श्रीमती कब की अपने कमरे में जा चुकी थीं। शामनाथ जाते हुए एक बार

फिर माँ को हिदायत करते गए, ''माँ, रोज की तरह गुमसुम बन के नहीं बैठी रहना। अगर साहब इधर आ निकलें और कोई बात पूछें तो ठीक तरह से बात का जवाब देना।''

''मैं न पढ़ी, न लिखी, बेटा, मैं क्या बात करूँगी! तुम कह देना, माँ अनपढ़ है, कुछ जानती-समझती नहीं। वह नहीं पूछेगा।''

सात बजते-बजते माँ का दिल धक्-धक् करने लगा। अगर चीफ सामने आ गया और उसने कुछ पूछा, तो वह क्या जवाब देगी? अंग्रेज को तो दूर से ही देखकर घबरा उठती थी, यह तो अमरीकी है। न मालूम वह क्या पूछे? मैं क्या कहूँगी? माँ का जी चाहा कि चुपचाप पिछवाड़े विधवा सहेली के घर चली जाए। मगर बेटे के हुक्म को कैसे टाल सकती थी? चुपचाप कुर्सी पर से टाँगें लटकाए वहीं बैठी रहीं।

एक कामयाब पार्टी वह है, जिसमें ड्रिंक कामयाबी से चल जाए। शामनाथ की पार्टी सफलता के शिखर चूमने लगी। वार्तालाप उसी रौ में बह रहा था, जिस रौ में गिलास भरे जा रहे थे। कहीं कोई रुकावट न थी, कोई अड़चन न थी। साहब को व्हिस्की पसन्द आई थी। मेमसाहब को पर्दे पसन्द आए थे, सोफा-कवर का डिजाइन पसन्द आया था, कमरे की सजावट पसन्द आई थी। इससे बढ़कर क्या चाहिए! साहब तो ड्रिंक के दूसरे दौर में ही चुटकुले और कहानियाँ कहने लग गए थे। दफ्तर में जितना रौब रखते थे, यहाँ पर उतने ही दोस्त-परवर हो रहे थे और उनकी स्त्री काला गाउन पहने, गले में सफेद मोतियों का हार, सेंट और पाउडर की महक से ओतप्रोत, कमरे में बैठी सभी देशी स्त्रियों की आराधना का केन्द्र बनी हुई थीं। बात-बात पर हँसतीं, बात-बात पर सिर हिलातीं और शामनाथ की स्त्री से तो ऐसे बातें कर रही थीं, जैसे उनकी पुरानी सहेली हों!

और इसी रौ में पीते-पिलाते साढ़े दस बज गए। वक्त गुजरते पता ही न चला।

आखिर सब लोग अपने-अपने गिलासों में से आखिरी घूँट पीकर खाना खाने के लिए उठे और बैठक से बाहर निकले। आगे-आगे शामनाथ रास्ता दिखाते हुए, पीछे चीफ और दूसरे मेहमान।

बरामदे में पहुँचते ही शामनाथ सहसा ठिठक गए। जो दृश्य उन्होंने देखा, उससे उनकी टाँगें लड़खड़ा गईं, और क्षण-भर में सारा नशा हिरन होने लगा। बरामदे में ऐन कोठरी के बाहर माँ अपनी कुर्सी पर ज्यों-की-त्यों बैठी थीं। मगर दोनों पाँव कुर्सी की सीट पर रखे हुए, और सिर दाएँ से बाएँ और बाएँ से दाएँ झूल रहा था और मुँह में से लगातार गहरे खर्राटों की आवाजें आ रही थीं। जब सिर कुछ देर के लिए टेढ़ा होकर एक तरफ को थम जाता, तो खर्राटे और भी गहरे हो उठते। और फिर जब झटके से नींद टूटती, तो सिर फिर दाएँ से बाएँ झूलने लगता। पल्ला सिर पर से खिसक आया था, और माँ के झरे हुए बाल, आधे गंजे सिर पर अस्त-व्यस्त बिखर रहे थे।

देखते ही शामनाथ क्रुद्ध हो उठे। जी चाहा कि माँ को धक्का देकर उठा दें, और उन्हें कोठरी में धकेल दें, मगर ऐसा करना सम्भव न था, चीफ और बाकी मेहमान पास खड़े थे।

माँ को देखते ही देसी अफसरों की कुछ स्त्रियाँ हँस दीं कि इतने में चीफ ने धीरे से कहा, "पूअर डियर।"

माँ हड़बड़ा के उठ बैठीं। सामने खड़े इतने लोगों को देखकर ऐसी घबराईं कि कुछ कहते न बना। झट से पल्ला सिर पर रखती हुई खड़ी हो गईं और जमीन को देखने लगीं। उनके पाँव लड़खड़ाने लगे और हाथों की उँगलियाँ थर-थर काँपने लगीं।

"माँ, तुम जाके सो जाओ, तुम क्यों इतनी देर तक जाग रही थीं?" और खिसियाई हुई नजरों से शामनाथ चीफ के मुँह की ओर देखने लगे।

चीफ के चेहरे पर मुस्कुराहट थी। वह वहीं खड़े-खड़े बोले, "नमस्ते!"

माँ ने झिझकते हुए, अपने में सिमटते हुए दोनों हाथ जोड़े, मगर एक हाथ दुपट्टे के अन्दर माला को पकड़े हुए था, दूसरा बाहर, ठीक तरह से नमस्ते भी न कर पाईं। शामनाथ इस पर भी खिन्न हो उठे।

इतने में चीफ ने अपना दायाँ हाथ, हाथ मिलाने के लिए माँ के आगे किया। माँ और भी घबरा उठीं।

"माँ, हाथ मिलाओ।"

पर हाथ कैसे मिलातीं? दाएँ हाथ में तो माला थी। घबराहट में माँ ने बायाँ हाथ ही साहब के दाएँ हाथ में रख दिया। शामनाथ दिल ही दिल में जल उठे। देसी अफसरों की स्त्रियाँ खिलखिलाकर हँस पड़ीं।

"यूँ नहीं, माँ! तुम तो जानती हो, दायाँ हाथ मिलाया जाता है। दायाँ हाथ मिलाओ।"

मगर तब तक चीफ माँ का बायाँ हाथ ही बार-बार हिलाकर कह रहे थे, "हौ डू यू डू?"

"कहो माँ, मैं ठीक हूँ, खैरियत से हूँ।"

माँ कुछ बड़बड़ाईं।

"माँ कहती हैं, मैं ठीक हूँ। कहो माँ, हौ डू यू डू?"

माँ धीरे से सकुचाते हुए बोलीं, "हौ डू डू..."

एक बार फिर कहकहा उठा।

वातावरण हल्का होने लगा। साहब ने स्थिति सँभाल ली थी। लोग हँसने-चहकने लगे थे। शामनाथ के मन का क्षोभ भी कुछ-कुछ कम होने लगा था।

साहब अपने हाथ में माँ का हाथ अब भी पकड़े हुए थे, और माँ सिकुड़ी जा रही थीं। साहब के मुँह से शराब की बू आ रही थी।

शामनाथ अंग्रेजी में बोले, ''मेरी माँ गाँव की रहने वाली हैं। उम्र-भर गाँव में रही हैं। इसलिए आपसे लजाती हैं।''

साहब इस पर खुश नजर आए। बोले, ''सच ? मुझे गाँव के लोग बहुत पसन्द हैं, तब तो तुम्हारी माँ गाँव के गीत और नाच भी जानती होंगी ?'' चीफ खुशी से सिर हिलाते हुए माँ को टकटकी बाँधे देखने लगे।

''माँ, साहब कहते हैं, कोई गाना सुनाओ। कोई पुराना गीत, तुम्हें तो कितने ही याद होंगे।''

माँ धीरे से बोलीं, ''मैं क्या गाऊँगी, बेटा! मैंने कब गाया है ?''

''वाह, माँ! मेहमान का कहा भी कोई टालता है ? साहब ने इतनी रीझ से कहा है, नहीं गाओगी, तो साहब बुरा मानेंगे।''

''मैं क्या गाऊँ, बेटा! मुझे क्या आता है ?''

''वाह! कोई बढ़िया टप्पे सुना दो। दो पत्तर अनाराँ दे...''

देसी अफसर और उनकी स्त्रियों ने इस सुझाव पर तालियाँ पीटीं। माँ कभी दीन दृष्टि से बेटे के चेहरे को देखतीं, कभी पास खड़ी बहू के चेहरे को।

इतने में बेटे ने गम्भीर आदेश-भरे लहजे में कहा, ''माँ!''

इसके बाद हाँ या ना का सवाल ही न उठता था। माँ बैठ गईं और क्षीण, दुर्बल, लरजती आवाज में एक पुराना विवाह का गीत गाने लगीं :

हरिया नी माये, हरिया नी भैणे
हरिया ते भागी भरिया है!

देसी स्त्रियाँ खिलखिला के हँस उठीं। तीन पंक्तियाँ गा के माँ चुप हो गईं।

बरामदा तालियों से गूँज उठा। साहब तालियाँ पीटना बन्द ही न करते थे। शामनाथ की खीज प्रसन्नता और गर्व में बदल उठी थी। माँ ने पार्टी में नया रंग भर दिया था।

तालियाँ थमने पर साहब बोले, ''पंजाब के गाँवों की दस्तकारी क्या है ?''

शामनाथ खुशी में झूम रहे थे। बोले, ''ओ, बहुत कुछ, साहब! मैं आपको एक सेट उन चीजों का भेंट करूँगा। आप उन्हें देखकर खुश होंगे।''

मगर साहब ने सिर हिलाकर अंग्रेजी में फिर पूछा, ''नहीं, मैं दुकानों की चीज नहीं माँगता। पंजाबियों के घरों में क्या बनता है, औरतें खुद क्या बनाती हैं ?''

शामनाथ कुछ सोचते हुए बोले, ''लड़कियाँ गुड़ियाँ बनाती हैं, औरतें फुलकारियाँ बनाती हैं।''

''फुलकारी क्या ?''

शामनाथ फुलकारी का मतलब समझाने की असफल चेष्टा करने के बाद माँ को बोले, ''क्यों, माँ, कोई पुरानी फुलकारी घर में है ?''

माँ चुपचाप अन्दर गईं और अपनी पुरानी फुलकारी उठा लाईं।

साहब बड़ी रुचि से फुलकारी देखने लगे। पुरानी फुलकारी थी, जगह-जगह से उसके तागे टूट रहे थे और कपड़ा फटने लगा था। साहब की रुचि को देखकर शामनाथ बोले, "यह फटी हुई है, साहब, मैं आपको नई बनवा दूँगा। माँ बना देंगी। क्यों माँ, साहब को फुलकारी बहुत पसन्द है, इन्हें ऐसी ही एक फुलकारी बना दोगी न?"

माँ चुप रहीं, फिर डरते-डरते धीरे से बोलीं, "अब मेरी नजर कहाँ है, बेटा! बूढ़ी आँखें क्या देखेंगी... ?"

मगर माँ का वाक्य बीच ही में तोड़ते हुए शामनाथ साहब को बोले, "वह जरूर बना देंगी। आप उसे देखकर खुश होंगे।"

साहब ने सिर हिलाया, धन्यवाद किया और हल्के-हल्के झूमते हुए खाने की मेज की ओर बढ़ गए। बाकी मेहमान भी उनके पीछे-पीछे हो लिए।

जब मेहमान बैठ गए और माँ पर से सबकी आँखें हट गईं, तो माँ धीरे से कुर्सी पर से उठीं, और सबसे नजरें बचाती हुई अपनी कोठरी में चली गईं।

मगर कोठरी में बैठने की देर थी कि आँखों से छल-छल आँसू बहने लगे। वह दुपट्टे से बार-बार उन्हें पोंछतीं, पर वह बार-बार उमड़ आते, जैसे बरसों का बाँध तोड़कर उमड़ आए हों! माँ ने बहुतेरा दिल को समझाया, हाथ जोड़े, भगवान का नाम लिया, बेटे के चिरायु होने की प्रार्थना की, बार-बार आँखें बन्द कीं, मगर आँसू बरसात के पानी की तरह जैसे थमने में ही न आते थे।

आधी रात का वक्त होगा। मेहमान खाना खाकर एक-एक करके जा चुके थे। माँ दीवार से सटकर बैठी आँखें फाड़े दीवार को देखे जा रही थीं। घर के वातावरण में तनाव ढीला पड़ चुका था। मुहल्ले की निस्तब्धता शामनाथ के घर पर भी छा चुकी थी, केवल रसोई में प्लेटों के खनकने की आवाज आ रही थी। तभी सहसा माँ की कोठरी का दरवाजा जोर से खटकने लगा।

"माँ, दरवाजा खोलो!"

माँ का दिल बैठ गया। हड़बड़ाकर उठ बैठीं। क्या मुझसे फिर कोई भूल हो गई? माँ कितनी देर से अपने-आपको कोस रही थीं कि क्यों उन्हें नींद आ गई, क्यों वह ऊँघने लगी? क्या बेटे ने अभी तक क्षमा नहीं किया? माँ उठीं और काँपते हाथों से दरवाजा खोल दिया।

दरवाजा खुलते ही शामनाथ झूमते हुए आगे बढ़ आए और माँ को आलिंगन में भर लिया।

"ओ अम्मी! तुमने तो आज रंग ला दिया!...साहब तुमसे इतना खुश हुआ कि क्या कहूँ। ओ अम्मी! अम्मी!"

माँ की छोटी-सी काया सिमटकर बेटे के आलिंगन में छिप गई। माँ की आँखों में फिर आँसू आ गए। उन्हें पोंछती हुई धीरे से बोलीं, "बेटा, तुम मुझे हरिद्वार भेज दो। मैं कब से कह रही हूँ।"

शामनाथ का झूमना सहसा बन्द हो गया और उनकी पेशानी पर फिर तनाव के बल पड़ने लगे। उनकी बाँहें माँ के शरीर पर से हट आईं।

"क्या कहा, माँ? यह कौन-सा राग तुमने फिर छेड़ दिया?"

शामनाथ का क्रोध बढ़ने लगा था, बोलते गए, "तुम मुझे बदनाम करना चाहती हो, ताकि दुनिया कहे कि बेटा माँ को अपने पास नहीं रख सकता।"

"नहीं, बेटा, अब तुम अपनी बहू के साथ जैसा मन चाहे, रहो। मैंने अपना खा-पहन लिया। अब यहाँ क्या करूँगी! जो थोड़े दिन जिन्दगानी के बाकी हैं, भगवान का नाम लूँगी। तुम मुझे हरिद्वार भेज दो!"

"तुम चली जाओगी, तो फुलकारी कौन बनाएगा? साहब से तुम्हारे सामने ही फुलकारी देने का इकरार किया है।"

"मेरी आँखें अब नहीं हैं, बेटा, जो फुलकारी बना सकूँ। तुम कहीं और से बनवा लो। बनी-बनाई ले लो।"

"माँ, तुम मुझे धोखा देके यूँ चली जाओगी? मेरा बनता काम बिगाड़ोगी? जानती नहीं, साहब खुश होगा, तो मुझे तरक्की मिलेगी!"

माँ चुप हो गईं। फिर बेटे के मुँह की ओर देखती हुई बोलीं, "क्या तेरी तरक्की होगी? क्या साहब तेरी तरक्की कर देगा? क्या उसने कुछ कहा है?"

"कहा नहीं, मगर देखती नहीं, कितना खुश गया है? कहता था, जब तेरी माँ फुलकारी बनाना शुरू करेंगी, तो मैं देखने आऊँगा कि कैसे बनाती हैं। जो साहब खुश हो गया, तो मुझे इससे बड़ी नौकरी भी मिल सकती है, मैं बड़ा अफसर बन सकता हूँ।"

माँ के चेहरे का रंग बदलने लगा, धीरे-धीरे उनका झुर्रियों-भरा मुँह खिलने लगा, आँखों में हल्की-हल्की चमक आने लगी।

"तो तेरी तरक्की होगी, बेटा?"

"तरक्की यूँ ही हो जाएगी? साहब को खुश रखूँगा, तो कुछ करेगा, वरना उसकी खिदमत करने वाले और थोड़े हैं?"

"तो मैं बना दूँगी, बेटा, जैसे बन पड़ेगा, बना दूँगी।"

और माँ दिल-ही-दिल में फिर बेटे के उज्ज्वल भविष्य की कामनाएँ करने लगीं और मिस्टर शामनाथ, 'अब सो जाओ, माँ,' कहते हुए, तनिक लड़खड़ाते हुए अपने कमरे की ओर घूम गए।

रानी मेहतो

कहते हैं, किसी जमाने में काँगड़े में एक विचित्र राजा राज करता था। हम नहीं जानते कि उसकी कहानी सच है या झूठ; हम यह भी नहीं जानते कि वह राजा कभी हुआ भी था या केवल किसी मनुष्य की कल्पना ने ही उसे जीवन-दान दिया; पर काँगड़े का कोई घर या झोंपड़ी नहीं, जहाँ इस राजा की कहानी न कही जाती हो। काँगड़े के लोग जब अपने बच्चों को शिक्षा देते हैं, तो इसकी कहानी कहकर; अपनी जवान लड़कियों को डराते हैं, तो उसका नाम लेकर और जब चावल छह सेर के चार सेर रह जाएँ, तो भी उसी राजा का शाप याद करते हैं और कहते हैं कि जब तक शाप न टलेगा, काँगड़े में खुशहाली नहीं आएगी।

उस राजा का नाम वाण-वट्ट था, क्योंकि वह राजा वाण या सन के रस्से बना-बनाकर बेचा करता था। उसकी एक ही रानी थी—रानी मेहतो, जो अपने हाथ से रसोई बनाती, कपड़े धोती, बर्तन माँजती और पहाड़ी नाले पर से पानी खींचा करती।

राजा वाण-वट्ट दिन-भर राज-पाट का काम देखता, न्याय करता, अपना दीवान लगाता और दोपहर गए राजसी काम से निबट, अपने झोंपड़े में लौट आता, जो उसने अपने किले के एक कोने में बना रखा था। यहाँ आकर वह अपना राजसी बाना उतार देता और साधारण श्रमिकों के कपड़े पहनकर, रात गए तक रस्से बनाता रहता था। बाहर राजपथ पर जाते हुए लोग उसे दूर से अपने काम पर झुका हुआ देखते और रानी को दीवार पर से पानी का डोल लटकाए, नीचे बहते हुए पहाड़ी नाले में से पानी खींचते हुए देखते तो श्रद्धा से हाथ जोड़कर नमस्कार करते। उस राजा के राज में सब सुखी थे, सब परिश्रम करते, सबके घर अनाज से भरे रहते और लोग कहते, 'काँगड़े में लक्ष्मी का वास है।'

रानी मेहतो कुल्लू के राजा की बेटी थी, और अप्सरा-सी सुन्दर थी। राजा चीड़ के पेड़ के समान कद्दावर, विशाल वक्ष और सुन्दर था। दोनों एक-दूसरे को हृदय से प्यार करते थे और दोनों अपने भाग्य से सन्तुष्ट, सुख और आनन्द में जीवन बिता रहे थे।

फिर एक दिन रानी की कुछ सहेलियाँ कुल्लू से मिलने के लिए आईं। सब-की-सब छम-छम कपड़े पहने, गहनों से लदी, हँसती-खेलती किले के अन्दर पहुँचीं। पर, ज्योंही उन्होंने रानी मेहतो का झोंपड़ा देखा, तो होंठ काटकर रह गईं। रानी मेहतो उन्हें देखकर भागती हुई बाहर आई, एक-एक को गले से लगाया और उन्हें अपने साथ झोंपड़े में ले गई। झोंपड़े के अन्दर न सेज, न बिछौना, न पलंग। रानी ने एक कोने में से एक चटाई उठाई और उसे जमीन पर बिछा दिया। फिर घर में जो रूखा-सूखा था, उनके सामने लाकर रख दिया।

रानी की सखियाँ इस पर रो पड़ीं। एक ने कहा, ''रानी मेहतो, कभी रानियाँ भी झोंपड़ों में रहती हैं? तू तो राजा की बेटी है, तेरे बदन पर तो एक भी गहना नहीं। कभी रानियाँ भी गाढ़े के कपड़े पहनती हैं? उनके गले में तो हीरे-मोतियों की माला डोलती है! राजा ने तेरा क्या हाल कर दिया है!''

इस पर रानी मेहतो हँस पड़ी और कहने लगी, ''मेरे पास सब कुछ है, मुझे कुछ नहीं चाहिए। मेरा राजा अपने हाथ से अपनी कमाई करता है, तो मैं क्यों न काम करूँ?''

''राजा क्या काम करता है?''

जब रानी ने बताया, तो वे दाँतों तले उँगली दबाकर एक-दूसरे का मुँह देखने लगीं। फिर एक बोली, ''रानी मेहतो, कभी राजा भी रस्सियाँ बनाते हैं? वे तो सब पर राज करते हैं, उनके मुकुट में तो माणिक-मोती चमकते हैं। रानी मेहतो, तेरा फूल-सा बदन सूखकर काँटा हो जाएगा।''

इस पर रानी मेहतो फिर हँसने लगी। वह बोली, ''मैं तो वाण-वट्ट की रानी हूँ, किसी और की नहीं। मुझे माणिक-मोती नहीं चाहिए, उसकी खुशी में मेरी खुशी है। मेरे पास सब कुछ है।''

इसके बाद कई दिन तक सखियाँ रानी के पास रहीं। दिन-भर वे रानी मेहतो के पास रहतीं, उससे खेलतीं, बचपन के बीते दिन याद दिलातीं, पर ढलती दोपहर को जब राजा रस्सों का बोझा कन्धों पर उठाए झोंपड़े के सामने आता, तो वे उठकर महल में चली जातीं जहाँ उनके रहने का प्रबन्ध हुआ था।

रानी से जो बन पड़ता, उनकी सेवा करती, पर सखियाँ बार-बार उसकी हालत पर रो-रो उठतीं, बार-बार राजा वाण-वट्ट को कोसतीं, और बार-बार उसके दुर्भाग्य की दुहाई देने लगतीं। रानी मेहतो सब कुछ सुनती और हर वक्त हँसती रहती।

पर, जो पत्थर पर भी बूँद-बूँद पानी गिरे, तो वह कटने लगता है। रानी मेहतो तो युवा थी, सुन्दर थी और एक राजा की बेटी थी।

एक दिन रानी सखी-सहेलियों के साथ हँस-खेल रही थी कि एक सखी ने सहसा अपना मोतियों का हार उतार रानी मेहतो के गले में पहना दिया। इतने में एक दूसरी सखी ने अपने सोने के झूमर उतारकर रानी के कानों में पहना दिये, और

तीसरी ने नाक की नथ और सुहाग का टीका। रानी बहुतेरा झुँझलाती और 'न'-'न' करती रही, पर देखते-ही-देखते उसका सारा शरीर आभूषणों से सज गया। फिर एक सहेली भागती हुई गई और दर्पण उठाकर ले आई और उसने उसे रानी के मुँह के सामने रख दिया। रानी ने अपने चेहरे की झलक शीशे में देखी, तो चकाचौंध हो गई। उसके सौन्दर्य की छवि सँभाले न सँभलती थी।

रानी ने झट से एक-एक करके सब गहने उतार दिये, पर उसका मन उदास हो उठा।

उस शाम जब राजा वाण-वट्ट रस्सी का बोझा उठाए घर आया तो रानी ने नियमानुकूल उसके बैठने के लिए आसन बिछाया, उसके हाथ-पाँव धुलाए, उसे ठंडा जल पीने के लिए दिया; मगर उसके चेहरे पर वह रोज की-सी हँसी न थी, न ही उसकी जबान पर आमोद-प्रमोद की बात।

रानी उदास रहने लगी। मुँह से कुछ न कहती, पर हर वक्त अन्दर-ही-अन्दर घुलती रहती। राजा बार-बार पूछता, मगर वह बिना कुछ कहे मुँह फेर लेती। उसकी सखियाँ भी उसका दिल बहलाने के बड़े उपाय करतीं, पर रानी चुपचाप बैठी रहती और उनकी बातें सुनती रहती।

दो सप्ताह रहने के बाद एक दिन सखियाँ विदा हुईं। रानी किले के दरवाजे तक उन्हें छोड़ने के लिए गई और वापस आकर चटाई पर औंधी पड़ रही।

जब राजा दोपहर को घर आया, तो रानी चटाई पर से नहीं उठी, बल्कि मुँह फेरकर लेटी रही। राजा चिन्तित हो उठा और उसके पास बैठकर बार-बार उसका हाल पूछने लगा।

इस पर रानी पहले तो फफक-फफककर रोने लगी, फिर छूटते ही बोली, "न तुम राजा हो, न मैं रानी हूँ, चलो यहाँ से बाहर चलकर रहें!"

राजा ने क्षण-भर में रानी के दिल की बात समझ ली। चुपचाप वह वहाँ से उठकर बाहर चला गया और बड़ी देर तक गहरी सोच में इधर-उधर घूमता रहा।

दूसरे दिन राजा ने चुपचाप अपनी तिजोरी खोली, जिसमें वह रस्सों की कमाई के पैसे रखा करता था। सब पैसे निकालकर, सीधा बाजार की ओर चला गया। जब लौटकर आया, तो उसने रानी मेहतो के पास जाकर, उसे दो चमकती सोने की अँगूठियाँ पहनने को दीं। रानी ने अँगूठियों को देखा फिर राजा के चेहरे की तरफ और मुँह फेरकर अँगूठियाँ लौटा दीं।

"अँगूठियाँ तो दासियों को भी मिल जाती हैं, तुम्हें किसी दासी से ब्याह करना चाहिए था!"

यह सुनकर राजा का मन खिन्न हो उठा। दुखी और व्याकुल, वह सिर झुकाए झोंपड़े से बाहर निकल आया और बड़ी देर तक किले की दीवार पर बैठा सोचता रहा।

उस दिन के बाद राजा हर रोज आधी रात गए नींद से उठ बैठता और बाहर आकर रस्सियाँ बनाने लगता। धूप चढ़ जाती, तब वह कहीं रस्सियाँ बनाना छोड़ता। फिर दोपहर को जब दरबार से लौटता, तो रस्सियाँ बनाने लगता। वह अपनी भूख-प्यास भूल गया। उसका शरीर मेहनत और थकान से सूखकर काँटा हो गया। कई दिन इसी तरह बीत गए। पर इतना होते हुए भी रानी की आँखों के आँसू सूख न पाए। उसे दुखी देखता, तो राजा और भी परिश्रम से रस्से बनाने में लग जाता। मगर, भला रस्सियों की कमाई से भी कभी रानियों के जेवर बने हैं ?

इसी तरह जब राजा अपनी कमाई से एक कंगन खरीदकर लाया, तो रानी ने उसे भी ठुकरा दिया।

आधी रात का समय था। रानी बिना कुछ खाए-पीए, रो-धोकर सो चुकी थी। पर राजा अब भी किले की दीवार पर खड़ा सोच रहा था। जितनी देर रानी जागती रही, राजा उसकी सिसकियों की आवाज सुनता रहा। उनके छोटे-से झोंपड़े में, जहाँ पहले कुछ न होते हुए भी लक्ष्मी विराजती थी और दोनों सुख की नींद सोते थे, अब दुःख, क्लेश और व्याकुलता के साए हटाए न हटते थे।

आखिर राजा का धैर्य टूट गया। उसने एक बार झाँककर झोंपड़े के अन्दर देखा, रानी चटाई पर औंधी पड़ी सो रही थी, जैसे विषाद की मूर्ति पड़ी हो। बड़ी देर तक राजा फिर सोचता रहा। कभी दबे पाँव झोंपड़े में जाता, फिर बाहर निकल आता। आखिर उससे न रहा गया। वह अन्दर गया और अँधेरे में चुपचाप अपना राजसी बाना पहन, सिर पर मुकुट धरकर, बाहर निकल आया और सीधा महल की ओर रवाना हुआ। जब महल के पास पहुँचा, तो महल के सब दरवाजे बन्द थे और द्वारपाल बैठे ऊँघ रहे थे। राजा ने महल खुलवाया और वह सीधा शाही खजाने में जा पहुँचा। शाही खजाने में काँगड़ा-राज्य की सारी धन-राशि, मोहरें और अशरफियाँ थैलियों में भरी पड़ी थीं। हीरे और पन्नों के थाल, सोने और चाँदी की ईंटें, सारा खजाना भरपूर पड़ा था। राजा बड़ी देर तक इस खजाने को देखता रहा, फिर अपने काँपते हाथों से एक थैली अशरफियों की उठाई और खजाने का दरवाजा बन्द करके बाहर निकल आया।

दूसरे रोज राजा ने एक चमकते गहनों का थाल अपनी रानी को भेंट किया। रानी मेहतो की आँखें जेवरों से भरे थाल को देखकर चमक उठीं। उसका रोम-रोम नाच उठा। उसने पुलकित हो, राजा के दोनों पाँव छू लिए और एक-एक गहना उठा-उठाकर पहनने लगी; पहनती जाती और खुशी से मतवाली हो-हो उठती। राजा ने उसे कई दिनों बाद यों खुश देखकर दिल में सन्तोष की साँस ली।

पर उस शाम जब राजा वाण-वट्ट रस्सियाँ बनाने लगा, तो उसे ज्वर हो आया। बार-बार काम करने की चेष्टा करता, पर ज्वर का कोप बढ़ता ही गया और पाँव लड़खड़ाने लगे, लाचार वह गिरता-पड़ता अन्दर आकर चटाई पर लेट गया। रानी उस

समय शीशे के सामने बैठी, अपने बालों में मोती टाँक रही थी। रानी ने पहले तो राजा की ओर कोई ध्यान न दिया, पर जब राजा ने घबराई आवाज में पानी माँगा, तो रानी घबराकर उठ बैठी। राजा का चेहरा ज्वर के कारण तपे ताँबे का-सा हो रहा था और होंठ सूख रहे थे।

रानी भागकर पानी लाने के लिए गई, घर में पानी की एक बूँद भी न थी। रानी दिन-भर अपने गहने सँजोती रही थी, उसे घर की सुधि ही न रही थी। रानी ने झट से पानी का डोल उठाया और भागी हुई किले की दीवार पर गई, जिसके नीचे पहाड़ी नाला बहता था। सिर से पाँव तक गहनों में लदी हुई, रानी मेहतो से अपना बोझ भी सँभाले न सँभलता था।

नाले पर पहुँचकर रानी ने झट से डोल को नीचे उतारा और थोड़ी देर रस्सी को हिलाने-डुलाने के बाद ऊपर खींचा। मगर डोल में एक बूँद भी पानी न आया। रानी हैरान हो गई। उसने डोल को अच्छी तरह से देखा कि कहीं छेद तो नहीं, और फिर पानी में उतारा। मगर डोल फिर भी खाली का खाली ऊपर आया। रानी ने झाँककर नीचे की ओर देखा और उसी क्षण चीख मारकर पीछे हट गई। पानी की लहरें थम गई थीं, पानी का रंग काला पड़ गया था और वह नीचे ही नीचे बैठा जा रहा था और उसकी अँधियारी सतह पर रानी मेहतो के जेवरों का प्रतिबिम्ब झिलमिला रहा था। रानी भागती हुई राजा के पास आई और बोली कि पानी का रंग काला पड़ गया है और वह नीचे ही नीचे बैठा जा रहा है। मगर राजा निढाल पड़ा था, वह क्या करता? रानी फिर भागकर नाले पर आई और उसने दीवार के दूसरे सिरे पर से डोल नीचे उतारा, मगर वहाँ भी लहरें थम गईं, पानी का रंग काला पड़ गया और वह नीचे ही नीचे जाने लगा। केवल रानी के जेवरों का प्रतिबिम्ब उस पर झिलमिलाता हुआ नजर आया।

रानी तो जैसे पागल हो गई। बार-बार डोल को पानी में फेंकती मगर जितना ही डोल को नीचा करती, उतना ही पानी नीचे उतरता जाता। बार-बार ऐसा करने पर भी जब पानी न मिलता, तो वह चीखती-चिल्लाती राजा के पास दौड़ी जाती।

अँधेरा बढ़ने लगा और रानी के डोल में एक बूँद पानी भी न आया। आखिर व्याकुल और अधीर, वह झोंपड़े की दीवार के साथ निढाल होकर बैठ गई और अपना एक-एक गहना नोच-नोचकर फेंकने लगी। वह रोती जाती और गहने फेंकती जाती। यहाँ तक कि उसने अपने सब गहने उतारकर झोंपड़े के बाहर फेंक दिये।

इतने में राजा की फिर आवाज आई, "पानी, मेहतो पानी!"

रानी ने बाहर से ही रोते हुए जवाब दिया, "पानी नहीं है, मैं कहाँ से लाऊँ पानी?" पर नजर घुमाकर अन्दर देखा, तो राजा चटाई पर पड़ा छटपटा रहा था।

रानी उसकी यह दशा सहन न कर सकी। वह फिर उठी और पागलों की तरह गिरती-पड़ती, डोल उठाकर किले की दीवार पर गई और उसने डोल लटकाया। डोल उतरना था कि धीरे-धीरे पानी में फिर लहरें आने लगीं, पानी का रंग बदलकर स्वच्छ और निर्मल होने लगा और पानी का स्तर ऊँचा उठते-उठते डोल को छूने लगा। देखते-ही-देखते नाले का पानी फिर से बहने लगा और डोल पानी में लबालब भर गया। रानी भागती हुई, पानी का छलकता डोल उठाकर झोंपड़े के अन्दर गई। पर देखा, तो राजा की देह शान्त हो चुकी थी, उसके होंठ अब भी पानी की बूँद के लिए खुले पड़े थे और पथराई हुई आँखें झोंपड़े की छत को ताक रही थीं। रानी वहीं मूर्च्छित होकर गिर पड़ी।

कहते हैं, राजा मर गया और रानी पागल हो गई और देश उजड़ गया।

भाई-बन्द

दोपहर का समय था और बला की लू चल रही थी। मैं एक दोस्त की प्रतीक्षा में उसी के दफ्तर से बाहर एक पेड़ के नीचे खड़ा था। देर होती जा रही थी, और मैं अपनी खीज दबाने के लिए दफ्तर की छोटी-सी दीवार पर जा बैठता, कभी टहलने लगता, कभी जेब में से अखबार निकालकर पढ़ने लगता और कभी उसी पेड़ के नीचे बैठे हुए तीन आदमियों के बारे में कयास लगाने लगता कि ये कौन होंगे, कहाँ से आए होंगे, और आपस में धीरे-धीरे क्या बातें कर रहे होंगे? एक जरूर उनमें से चपरासी था, क्योंकि उसने दफ्तरी वर्दी पहन रखी थी, और लाल चपरास लटकाए हुए था, साथ ही शक्ल-सूरत भी शहरी दफ्तरियों की-सी थी, लम्बे-लम्बे तेल सने बाल, तराशी हुई मूँछें, होंठ और दाँत पान-तम्बाकू से स्याह। बाकी दो किसी गाँव से आए जान पड़ते थे, क्योंकि उनकी वेश-भूषा और चाल-ढाल ग्रामीणों की-सी थी। पर इस गुप्त वार्तालाप का अनुमान लगाना कठिन था। कभी चपरासी गाँव वालों की ठुड्डी पर हाथ रखता, और कभी गाँववाला चपरासी के घुटने पकड़ता। न मालूम कोई सगाई होने जा रही थी, या कोई गाय बिकने आई थी या कोई सौदा चुकाया जा रहा था। तीसरा आदमी चुपचाप पेड़ के तने से पीठ लगाए, कभी एक की तरफ, कभी दूसरे की तरफ देखे जा रहा था। मैंने बहुतेरा दिमाग लड़ाया, पर आखिर उन पर से ध्यान हटाकर अपनी उधेड़बुन में खो गया।

इतने में वह ऊँचा-ऊँचा बोलने लगा। चपरासी कह रहा था, "मैं तो प्यार-मुहब्बत का आदमी हूँ। यह मैं प्रेम से दे रहा हूँ, तुझे अपना समझ के दे रहा हूँ।"

वह अपनी मुट्ठी को, जिसमें शायद कुछ पैसे बन्द थे, गाँव वाले की जेब में ठूँसने लगा।

"मैं नहीं लूँगा भैया, मैंने कह दिया।" और गाँववाला उसके हाथ को बार-बार जेब से बाहर निकालने लगा।

"फिर वही बात? तुमसे पैसे अच्छे हैं? कसम से, और होते तो तुमसे इनकार था?"

"नहीं, मैं नहीं लूँगा।"

इस पर चपरासी की आवाज रूखी हो उठी, ''फिर वही बात? जो भाई-बन्द की तरह कह रहा हूँ तो उल्टा अकड़े जा रहा है। मैं सच कह दूँ, मैं बहुत बुरा आदमी हूँ। मैं यह भी नहीं दूँगा।''

और फिर मुट्ठी में पकड़े हुए एक नोट को जमीन पर पटक के उठ खड़ा हुआ और दफ्तर के गेट की ओर जाने लगा।

गाँववाले ने नोट उठाया। लपककर उसके पीछे जा पहुँचा और चपरासी को उसकी पेटी पकड़कर वापस खींचने लगा।

''मेरे साथ शहरियोंवाली बात न करो। यह लो पकड़ो अपना नोट। मैं नहीं लूँगा, मैंने कह दिया।''

और फिर चपरासी की दोनों टाँगें पकड़कर जमीन पर बैठ गया, ''देखता हूँ, तुम कैसे जाओगे!''

गाँववाला चिल्लाना जानता था, क्योंकि वह इतनी ऊँची आवाज में बोला कि चपरासी वहीं ठिठक गया और दफ्तर की ओर देखने लगा कि कहीं किसी ने सुन न लिया हो। यों भी गाँववाला भद्दा और कुरूप-सा आदमी था। चौड़ा, अँधियारा मुँह, चेहरे पर न मालूम कितने दिन की दाढ़ी, सामने के तीन-चार दाँत टूटे हुए और बाकी पीले और मैले। मैली धोती, मैला ही कुर्ता, जब बात करता तो मुँह में से झाग निकलती। जिस ढंग से वह चपरासी पर झपटा और चिल्लाया और उसकी टाँगें पकड़कर बैठ गया, मुझे अत्यन्त अभद्र जान पड़ा। न मालूम पहले एक आदमी किस तरह धीरे-धीरे बातें कर रहा था।

चपरासी ने फिर धीरे से कहा, ''जो नहीं लेता तो ला, लौटा दे, चिल्लाता क्यों है?''

''ले पकड़, मैंने कह दिया, पूरे पैसे लूँगा।''

चपरासी ने फिर समझाया, ''जो मैं नहीं दूँ तो तू मेरा क्या बिगाड़ लेगा? मेरे पास नहीं हैं तभी तो पाँच रुपए दे रहा हूँ। जब होंगे, बाकी भी दे दूँगा। मैंने इनकार किया है?''

''मैं नहीं लूँगा।'' ग्रामीण ने कहा, और फिर चपरासी की टाँगें पकड़ लीं।

मेरे जी में आया कि आगे बढ़कर मामला निपटा दूँ, मगर मुझसे पहले ही एक बूढ़ी उम्र का चपरासी दफ्तर से बाहर निकल आया। शायद चिल्लाहट सुनकर आ गया था। आते ही बोला, ''अरे, फिर वही झगड़ा चल रहा है?'' और गाँववाले के पास आकर कहने लगा, ''जो मिलता है, वह तो ले ले। देखता नहीं, आजकल जमाना सिर पर कैसा हो रहा है? तू यह तो जेब में डाल। पैसे से इनकार नहीं करते। पीछे और के लिए भी होता रहेगा, यह क्यों छोड़ता है?''

''तुम अच्छे आए हो बीच में पड़नेवाले भैया, उसे तो कुछ कहते नहीं, उल्टा मुझे ही समझाने लगे हो।''

पर वर्दी-वर्दी की दोस्ती होती है। चपरासी के हाथ से पाँच का नोट लेकर वह फिर गाँव वाले को देने लगा, "बच्चों की-सी बात नहीं करते, तू चुपचाप पैसे जेब में डाल।"

पर जब इस बुजुर्गी का भी उस पर कोई प्रभाव न हुआ तो बूढ़ा चपरासी बोला, "अच्छा, इधर आ, बात सुन मेरी।"

"क्या है?" मगर गाँववाले ने चपरासी की टाँगें नहीं छोड़ीं।

"उठ भी तो, एक बात तुझसे कहनी है।"

"यहीं कह दो। मैं नहीं उठूँगा।"

"तेरे ही भले की कहता हूँ। यह कोई यहाँ से भागे जाता है?"

आखिर ग्रामीण वहाँ से उटा, चपरासी वहीं पर खड़ा रहा। बूढ़ा चपरासी ग्रामीण के कन्धे पर हाथ रखे, उसे एक तरफ ले आया, जहाँ नजदीक ही मैं दीवार पर बैठा था। उसके कान के पास मुँह ले जाकर बोला, "यह रंडीबाज, खाने-पीनेवाला आदमी है, इसके पास पैसा कहाँ टिकता है? तुझे दे रहा है, यहाँ बीसियों आते हैं, किसी को कौड़ी का रवादार नहीं होता। जो मिलता है, ले ले, नहीं तो इससे भी जाएगा।"

पर ग्रामीण ने कन्धा छुड़ा लिया और वापस घूमकर लौटने लगा। बूढ़े ने फिर समझाया, "अरे तू इसे जानता नहीं, शराबी-कबाबी आदमी है। शराबी किसी के नहीं होते, सयानी बात कर, जो मिलता है, ले ले!"

"मैं पूरे पैसे लेकर रहूँगा। एक कौड़ी कम नहीं लूँगा।"

"जो नहीं देगा तो इसकी रप्ट लिखवाएगा?"

"रपट लिखवाऊँ या जो करूँ, मैं पाँच रुपए नहीं लूँगा।" और कन्धा छुड़ाकर फिर चपरासी के पास आ खड़ा हुआ।

"क्या लेना है तूने इससे?" बूढ़े चपरासी ने पूछा।

"पूरे चालीस रुपए।"

इस पर चपरासी तिनककर बोल उठा, "चालीस? अरे दिमाग ठिकाने तो है तेरा?"

ग्रामीण का चेहरा पीला पड़ गया, और आँखें लाल हो उठीं, "चालीस नहीं तो और क्या? सौगन्ध खा के तुम्हीं कहो तो क्या देना है?"

"यही बीस-बाईस होंगे, और क्या?"

"अरे झूठ बोलते शर्म नहीं आती? पाँच-पाँच, दो-दो करके पूरे चालीस तुमने मुझसे लिये थे। मेरे पास सब लिखा है।" और ग्रामीण कुर्ते की जेब में से एक मैला फटा हुआ कागज का टुकड़ा निकाल लाया।

"तू जो मन में आवे, लिख ले। मैं जिम्मेदार हूँ? यही कोई बीस-बाईस बनते होंगे, धीरे-धीरे चुका दूँगा। मुझे कोई देने से इनकारी है?"

सहसा ग्रामीण घबरा उठा। पहले जो बढ़-बढ़कर चिल्ला रहा था, और झपटा-झपटी कर रहा था, सहसा उसके हाथ-पाँव जैसे फूल गए। बूढ़े चपरासी के सामने गिड़गिड़ाने लगा, ''तुम ही इसे कुछ समझाओ, भैया, देखो, मेरे भाई की क्या हालत हो रही है? मेरे पास उसकी दवाई-भर के लिए पैसे नहीं हैं।''

अब मेरी नजर उस तीसरे आदमी की ओर गई जो पेड़ के तने के साथ पीठ लगाए कब से बैठा था। आजकल लोगों में स्वस्थ कौन है, और बीमार कौन—पहचानना कठिन हो गया है। किन्तु ध्यान से देखा तो रोगी ही जान पड़ा, क्योंकि उसकी टाँगें अत्यन्त पतली और बाँहें सूखी हुई थीं। चेहरा उसका भी चौड़ा था, मगर दाढ़ी मुँह की हड्डियों को छिपाए हुए थी।

''अरे, इसी से तो कहता हूँ कि जो मिलता है, ले ले।''

ग्रामीण घबराया हुआ अपने भाई की ओर गया।

''कहो तो पाँच ही ले लूँ? दो-चार दिन तो गुजर चलेगी।''

बीमार ने धीरे से सिर हिलाया, जिससे हाँ या न किसी का स्पष्ट बोध नहीं हो सकता था।

''मैं नहीं लूँगा पाँच रुपए, मर जाऊँ, मेरा भाई मर जाए, लेकिन मैं एक कौड़ी कम नहीं लूँगा। मैं पूरे पैसे लूँगा।''

यह कहते हुए वह जमीन पर बैठ गया, और ऊँचा-ऊँचा चिल्लाने लगा।

उसका यों शोर मचाना मुझे अच्छा न लगा। मैंने आगे बढ़कर पूछा, ''क्या बात है? चिल्लाता क्यों है?''

उसने मेरी ओर सकुचाई नजरों से देखा, जैसे मैं भी उस चपरासी का कोई दोस्त हूँ। फिर मेरे कपड़ों को देखते हुए बोला, ''क्या कहूँ बाबूजी, मैं छह महीने से इसके पीछे मारा-मारा भटक रहा हूँ, मेरे पैसे दबा गया है। पूरे चालीस रुपए बनते हैं, मगर जब माँगता हूँ तो दो रुपए निकालकर दिखा देता है। आज कहता है, सिरफ बीस-बाईस लिये हैं।''

''यह तेरा कोई रिश्ते का है?''

''नहीं साहब, रिश्ते का नहीं, गाँव का आदमी है। इधर पास ही मेरा गाँव है। वहाँ से यह काम करने चला आया। कुछ पैसे आते समय ले आया, कुछ धीरे-धीरे बाद में लेता रहा। अब जो मेरा भाई बीमार हो गया है तो मैं रोज चक्कर काटता हूँ, मुझे कुछ देने का नाम नहीं लेता। चिकनी-चुपड़ी सुना देता है। उधर फसल चौपट हो गई है, घर में खाने को दाना नहीं। अब मैं क्या करूँ?''

अभी वह आपबीती सुना रहा था कि दफ्तर में घंटी बजी और चपरासी चल दिया। जाते हुए उसने फिर से पाँच का नोट निकाला और ग्रामीण की ओर बढ़ाते हुए बोला, ''ले, लेगा या नहीं?''

''मैं नहीं लूँगा, भैया, पाँच से मेरा क्या बनेगा?''

चपरासी ने चुपचाप पाँच का नोट पेटी में ठूँस लिया और दफ्तर के अन्दर चला गया।

बूढ़ा चपरासी हँसकर बोला, "देख लिया? अब जा, कर दवाई अपने भाई की। इससे भी गया। कहा, शराबी-कबाबी से पैसे वसूल नहीं होते।"

और वह भी दफ्तर की ओर घूम गया।

उनके चले जाने पर ग्रामीण जमीन पर बैठ गया और अपना सिर धुनने लगा। उधर बीमार एक बुत की तरह पेड़ के तने से पीठ टिकाए बैठा था। मैं उठकर उसके पास चला गया।

"तू समझे बैठा है कि यों तुझे पैसे मिल जाएँगे?"

"मैं क्या जानूँ साहब, शहर में आकर यह बदल गया है। मुझे क्या मालूम था कि यों हैरान करेगा?"

"कुछ लिखा-पढ़ी की है?"

"नहीं साहब, लिखा-पढ़ी तो नहीं की।" फिर घबराहट और याचना-भरे स्वर में बोला, "क्यों साहब, यह मेरे पैसे नहीं देगा?"

मैं थोड़ी देर चुप रहा, और इस झमेले की तह तक पहुँचने की कोशिश करता रहा। फिर ग्रामीण से बोला, "मैं एक तरकीब बताऊँ? तुझे तेरे पैसे मिल जाएँगे।"

"बताओ बाबू," वह हाथ बाँधकर बड़ी आतुरता से मेरे सामने खड़ा हो गया।

"इसके अफसर से जा के शिकायत करो। वह डाँट-डपट से तेरे पैसा दिलवा देगा।"

वह क्षण-भर मेरे मुँह की ओर देखता रहा, फिर सहसा जीभ को दाँतों तले दबाते हुए, सिर हिलाकर बोला, "नहीं साहब, यों भी कभी हुआ है? इससे इसकी क्या रह जाएगी और मेरी क्या रह जाएगी? अपने गाँव का आदमी है।"

और फिर दफ्तर के बाहर झाड़ियों और पौधों में से झाँक-झाँककर अन्दर चपरासी को ढूँढ़ने लगा।

पहला पाठ

ब्रह्मचारी देवव्रत की शिक्षा-दीक्षा पुस्तकों द्वारा कम और चाँटों द्वारा अधिक हुई थी। यों तो शायद सभी लोग जिन्दगी के सबक चाँटों के द्वारा ही सीखते हैं, पुस्तकों और ज्ञान-गोष्ठियों द्वारा कम, पर जो शिक्षा ब्रह्मचारी देवव्रत को चाँटों द्वारा मिली, वह न केवल उसके मस्तिष्क में ही, बल्कि उसकी आत्मा पर भी अमिट छाप छोड़ गई।

सबसे पहली शिक्षा उसे हिन्दुत्वप्रेम की मिली; उस समय वह केवल आठ-नौ वर्ष का तरुण बालक था और अपने शहर के पास एक गुरुकुल का विद्यार्थी था।

वसन्त के दिन थे। शहर के स्कूलों में परीक्षा-परिणाम घोषित किए जा चुके थे; अध्यापकों पर पुष्पवर्षा हो चुकी थी, और शहर के विशाल धर्म-मन्दिर में वार्षिकोत्सव मनाया जा रहा था। हर रोज प्रातः गुरुकुल के सब ब्रह्मचारी, अपने संचालक के साथ, पीली धोतियाँ पहने, कतार बाँधे बौद्ध भिक्षुओं की पाँत की तरह शहर में लाए जाते, और धर्म-मन्दिर में सायंकाल तक धर्मोपदेशों, भजनों तथा खेलकूद का रस लेते। तीन दिन से यही चल रहा था और ब्रह्मचारी देवव्रत की खुशी का ठिकाना न था। विधाता ने उसे दो प्यासी, उत्सुक आँखें दे रखी थीं जो हर वस्तु पर, हर चमकीली चीज पर एक तृषित पक्षी की भाँति उड़-उड़कर जाती थीं और देवव्रत उन्हें देखते न थकता था।

सायंकाल का समय था। धर्म-मन्दिर का मैदान श्रोताओं की भीड़ से खचाखच भरा था। स्त्रियाँ, पुरुष, बच्चे, शहर-भर के लोग, उत्सव के अन्तिम व्याख्यान का रस ले रहे थे। व्याख्यान मैजिक लैंटर्न के रंगीन चित्रों द्वारा दिया जा रहा था, और उपदेशक गुरुकुल के ही संचालक, वृद्ध वानप्रस्थीजी थे। इसी भीड़ में अन्य ब्रह्मचारियों के साथ सटकर बैठा हुआ देवव्रत भी मंत्र-मुग्ध की भाँति मैजिक लैंटर्न के चित्र देख रहा था। व्याख्यान अछूतोद्धार के विषय पर था, और वानप्रस्थीजी बड़े भावुक कंठ से अछूतों की दीनहीन दशा का वर्णन कर रहे थे।

पर्दे पर एक रंगीन चित्र आया। एक कुआँ है, और उस पर लोग पानी भर रहे हैं। एक लड़की, हरे रंग की धोती पहने, पानी का डोल हाथ में उठाए, श्वेतवसन तिलकधारी ब्राह्मण को पानी पिला रही है। और कुएँ से हटकर कुछ दूरी पर एक बूढ़ा, हड्डियों का ढाँचा, हाथ बाँधे खड़ा है और तरसती आँखों से पानी की ओर देखे जा रहा है।

"यह जानते हैं आप, कौन है ?" वानप्रस्थीजी अपने लट्ठ के कोने से बूढ़े को दिखाते हुए कह रहे थे, "यह एक डोम है। इस डोम को कुएँ पर पानी पीने का अधिकार नहीं। यहाँ ब्राह्मण पानी पी सकता है, पर डोम नहीं पी सकता, क्योंकि वह अछूत है। लाखों ऐसे डोम गाँवों में रहते हैं, पर गाँवों के कुओं पर उनकी छाया भी नहीं पड़ सकती।"

नन्हे देवव्रत का हृदय अनजाने में पसीज उठा। उसने सोचा : तो फिर यह पानी कहाँ से पीते हैं ? क्या वह बूढ़ा पानी नहीं पीता, इसीलिए इसकी हड्डियाँ निकल आई हैं !

वानप्रस्थीजी उत्तेजित आवाज में कह रहे थे, "यह ताल-तलैयों, डाबरों-पोखरों के गन्दे पानी पर निर्वाह करते हैं। गर्मी के मौसम में जब ये जलाशय सूख जाते हैं, तो ये अभागे इन कुओं के पास चक्कर काटते रहते हैं। इस कुएँ पर कुत्ते पानी पी सकते हैं, पशुओं को पानी मिल सकता है, पर मनुष्य को नहीं।"

वानप्रस्थीजी ने अपनी लाठी बूढ़े पर से हटाकर, कुएँ की बगल में खड़े एक चितकबरे कुत्ते पर रखी जो जीभ निकाले, कुएँ की नाली पर झुका हुआ था।

"यह भ्रष्ट कुत्ता, भक्ष्य और अभक्ष्य पर मुँह मारनेवाला, इस कुएँ पर अतिथि बन के आ सकता है, पर यहाँ इनसान के बेटे को पानी की एक बूँद भी नसीब नहीं।"

धीरे-धीरे देवव्रत की आँखें कुत्ते पर से हटकर फिर बूढ़े पर आ गईं। अछूत कौन होते हैं ? क्या सब बूढ़े, फटे कपड़ों वाले अछूत होते हैं ? अछूतों को पानी क्यों नहीं मिलता ? देवव्रत ने कभी अछूत नहीं देखा था। बूढ़े को देखकर उसने सोचा : इस जैसे आदमी तो मैंने बहुत देखे हैं, क्या सबके सब अछूत होते हैं ?

इसी तरह एक और चित्र सामने आया : एक सड़क है साफ-सुथरी, उसके दोनों तरफ हरे-हरे वृक्ष हैं। उस पर भी एक तिलकधारी ब्राह्मण चले आ रहे हैं, और सड़क से हटकर झाड़ियों में खड़ा एक अछूत, हाथ बाँधे, दीन-हीन याचना करता हुआ खड़ा है। देवव्रत के हृदय में उसके प्रति भी सहानुभूति उमड़ आई। मगर यह बूढ़ा न था, जवान था, और उसके साथ एक छोटा-सा नंगा बालक भी खड़ा था।

वानप्रस्थीजी कह रहे थे, "इस सड़क पर कोई अछूत नहीं चल सकता। यदि किसी अछूत का साया भी पड़ जाए तो सड़क भ्रष्ट हो जाती है। यह ब्राह्मण अपनी छड़ी उठाए, इस आदमी को कोस रहा है : दूर हो जाओ, यहाँ से हट जाओ।"

वानप्रस्थीजी के व्याख्यान की भाषा कठिन थी। उसका बहुत-सा भाग देवव्रत की समझ में न आता था। पर तो भी उसके दिल में अछूतों के प्रति एक अस्पष्ट, धूमिल; पर गहरी भावना उठने लगी।

एक के बाद दूसरे चित्र सामने आते गए। एक से एक रंगीन, रुचिपूर्ण, आकर्षक। हर एक में एक-न-एक अछूत था, कहीं कोई स्त्री फटे-पुराने कपड़े पहने, कहीं कोई पुरुष, कहीं कोई लड़का। सब पर अत्याचार होता था, कोई उन्हें छूता न था, कोई बात न पूछता था, सभी दुतकारते थे, सभी कहते : दूर हो जाओ, हट जाओ। देवव्रत बड़ी देर तक तन्मय होकर इन चित्रों को देखता रहा।

आखिर उपदेश समाप्त हुआ। बत्तियाँ जल गईं और चित्रों की दुनिया न मालूम कहाँ पर विलीन हो गई। ब्रह्मचारी देवव्रत आँखें मलता हुआ उठ खड़ा हुआ और अपने संगी-साथियों के साथ खड़ा हो गया। धीरे-धीरे मैदान खाली होने लगा, स्त्री-पुरुषों की भीड़ बिखरने लगी, वानप्रस्थीजी भी अपना माथा पोंछते हुए, लट्ठ सँभाले ब्रह्मचारियों के झुंड के पास गए, ब्रह्मचारियों ने फिर कतार बाँध ली और मन्दिर से धीरे-धीरे बाहर जाने लगे।

वानप्रस्थीजी गुरुकुल के संचालक भी थे, धर्मोपदेशक भी और लड़कों के अध्यापक भी। ब्रह्मचारियों की पाँत के आगे-आगे, सफेद बाना पहने हुए, हाथ में लट्ठ उठाए वह धीरे-धीरे चलने लगे, जैसे मुर्गी अपने चूजों के संरक्षण के लिए चलती हैं और पंक्ति में सबसे पीछे। रोज की तरह, ब्रह्मचारी देवव्रत, डोलते लट्टू की तरह पाँव पर लड़खड़ाता हुआ, पंक्ति से कभी पिछड़ता, कभी मिलता जा रहा था। पर उसके मस्तिष्क में, अर्ध-विस्मृत याद की तरह, अब भी वह चित्र घूम रहे थे। बूढ़ा प्यासा अछूत जो कुएँ पर पानी माँग रहा था; जो सड़क के किनारे त्रस्त खड़ा था; जो अछूत लड़का जूठन के पास भूखा खड़ा था।

और यहीं पर तरुण बालक देवव्रत को सामाजिक शिक्षा का पहला सबक मिला।

मन्दिर से निकलकर ब्रह्मचारी एक खुले-लम्बे बाजार में आ गए, जिसके दूसरे सिर पर से एक रास्ता अलग होकर गुरुकुल की ओर जाता था। बाजार में रौनक थी, दुकानों पर बत्तियाँ जल रही थीं। सैलानी इधर-उधर घूम रहे थे, जिन्हें देखकर ब्रह्मचारी लड़के भी कौतूहलवश चारों ओर रौनक को देखने लगे।

बाजार में एक जगह पर, फलों की दुकानों के पास छोटा-सा पुल था, जिसके नीचे शहर का गन्दा नाला बहता था। यहाँ पर रोशनी बाजार से कुछ कम थी, केवल दो रोशनी के खम्भे पुल के आर-पार खड़े थे, पर आमदोरफ्त का ताँता यहाँ पर भी काफी घना था।

अभी पुल पर ब्रह्मचारियों की कतार पहुँची ही होगी जब देवव्रत को सामने रोशनी के खम्भे के नीचे खड़ा एक धूमिल-सा आकार नजर आया : कोई उसी की उम्र का गरीब लड़का बदन पर मैली-सी बनियान पहने, मुँह में उँगली दबाए खड़ा ब्रह्मचारियों की पंक्ति को देखे जा रहा था। देवव्रत ने उसे देखा और वह उसे मैजिक लैंटर्न के चित्रों जैसा ही लगा—वही दीनहीन चेहरा, वही उत्सुक तरसी हुई आँखें, वही नग्न दरिद्रता। उस वक्त न मालूम किस भावावेश में—वानप्रस्थीजी को खुश करने के लिए, या अपने भावोद्रेक से बेकाबू होकर—देवव्रत पंक्ति से हट गया और उस लड़के के सामने जाकर खड़ा हो गया, और दूसरे ही क्षण उसके बाजू पर अपनी उँगली रखकर उसे छू लिया। इससे उसके सारे शरीर में रोमांच हो आया। फिर उसने बड़े आग्रह से लड़के के कन्धे पर हाथ रख दिया। वह लड़का बड़े विस्मय और कौतूहल से उसके मुँह को देखे जा रहा था।

फिर सहसा देवव्रत ने दोनों बाँहें फैलाकर उसे अपने आलिंगन में ले लिया और बड़े स्नेह से कहने लगा, "तू मेरा भाई है, तू अछूत है न, तू मेरा भाई है।"

पर पेश्तर इसके कि वह लड़का इसके उत्तर में कुछ कहता, देवव्रत के सिर पर जोर से किसी ने तमाचा दे मरा, और नन्हा देवव्रत हड़बड़ा के अलग हो गया। उसका सिर चकरा गया और वह हतबुद्धि इधर-उधर देखने लगा। उसने देखा कि उसके ऐन पीछे वानप्रस्थीजी अपना लट्ठ उठाए खड़े हैं, और अपनी क्रुद्ध लाल आँखों से उसे देखे जा रहे हैं।

देवव्रत को सहसा पंक्ति की याद आई, फिर उस लड़के की ओर इशारा करते हुए, रुआँसी पर गर्व-पूर्ण आवाज में बोला, "आचार्यजी, यह अछूत है, यह मेरा भाई है।"

और देवव्रत ने फिर गर्व से सिर ऊँचा कर लिया। उसे विश्वास था कि वानप्रस्थीजी पंक्ति तोड़ने का दोष अछूतोद्धार होता देखकर क्षमा कर देंगे।

पर वानप्रस्थीजी ने एक सीधा तमाचा देवव्रत के मुँह पर और रसीद किया, जिससे देवव्रत की सारी देह काँप उठी।

"यह अछूत है ? यह तुझे अछूत नजर आता है ? यह तो मुसलमान है !"

और नन्हे देवव्रत की उद्भ्रान्त त्रस्त आँखें, कभी वानप्रस्थीजी को और कभी उस हमजोली गरीब लड़के को देखती रह गईं।

प्रणय-लीला

यह भी अनोखा प्रेम था। न सुषमा को इसकी खबर, न अशोक को। कॉलेज बन्द हुआ तो पुराने सहपाठी होने के नाते, अशोक ने सुषमा की किताब लौटाते हुए कहा, ''मैं छुट्टियों में घर जा रहा हूँ। मैंने सोचा, किताब यहीं पर लौटा दूँ, नहीं तो तुम्हारे हॉस्टल जाना पड़ेगा।''

''तो हॉस्टल आते तेरे पाँव की मेहँदी उतर जाती है ? नहीं लेती मैं यह किताब। जो देनी हो तो वहीं पहुँचाना।''

''लेनी हो तो ले लो। नहीं तो मैं दूँगा भी नहीं।''

''मत दो।''

''अच्छा, ले, तेरे पर रहम किया।...तू घर कब जाएगी ?''

''मैं भी आज ही जाऊँगी। मगर शान्ता की चिट्ठी आई है कि हमारे यहाँ चली आओ, तीन-चार रोज ठहरकर घर चली जाना। सोचती हूँ, जाऊँ या न जाऊँ।''

''जाओ, क्यों नहीं जातीं ?''

''सुनो।'' सुषमा ने ऐनक में से अपनी हल्की काली आँखें उठाते हुए कहा, ''तुम भी चलो। दो-तीन दिन वहाँ ठहरेंगे, फिर तुम अपने घर चले जाना, मैं अपने घर। दो दिन छुट्टी मनाएँगे।''

''मैं वहाँ क्या करूँगा ? बुलाया तुम्हें है, मैं क्यों जाऊँ ?''

''वाह, शान्ता मेरी तो सहेली है, तेरी तो मौसी की लड़की है। चल पगले, दो दिन सैर करेंगे।''

''चल तो चल।'' अशोक ने डींग मारते हुए कहा।

''सच ?''

''हाँ, सच नहीं तो क्या ? अगर शान्ता ने कहा कि इसे क्यों साथ ले आई तो क्या कहेगी ?''

''कहूँगी क्या ? वह तुझे घर से निकाल थोड़े देगी ?''

बात की बात में सलाह पक्की हो गई।

जब अशोक ताँगे पर अपनी सफेद कमीज और ग्रे पतलून पहने और सामान रखे उसके हॉस्टल की ओर चला तो उसके दिल में न केवल छुट्टियों की खुशी थी, बल्कि एक नए साहस का उल्लास भी था, जैसे वह कोई अनोखी बात करने जा रहा हो! उसने जेब में से पिता की चिट्ठी निकालकर खोली, और पढ़कर, फिर सिर हिलाकर जेब में डाल ली।

''चले जाएँगे। भाई की सगाई ही है, ब्याह तो नहीं। और अभी हफ्ता-भर पड़ा है।''

उसे पहली बार पिता के खत की यों अवहेलना करते हुए एक नए शौर्य का अनुभव हुआ, ''चले जाएँगे, जल्दी क्या है!''

लड़कियों के हॉस्टल के सामने वह कूदकर ताँगे पर से उतरा। सुषमा पहले से हॉस्टल के बराँडे में खड़ी, एक छोटा-सा बिस्तर पास रखे, उसकी राह देख रही थी। छोटा-सा कद, कटे हुए बाल, जितनी छोटी खुद, उतना ही छोटा-सा बिस्तर।

अशोक ने बिस्तर ताँगे पर टिकाया तो सुषमा की नजर अशोक की कमीज पर पड़ी।

''तेरे कफ-बटन कहाँ हैं? बाजू यूँ लटक रहे हैं जैसे भाई की कमीज पहन आया हो!''

अशोक खिसिया गया।

''हाँ, है तो भाई की। तूने कैसे जाना?''

''पगले, बाजू तो देख, कितने लम्बे हैं। कफ-बटन नहीं तेरे पास?''

''नहीं?''

सुषमा हँसी। फिर बराँडे की ओर वापस भागती हुई बोली, ''ठहर, आती हूँ।'' और छोटा-सा कद हॉस्टल की ऊँची-ऊँची दीवारों के पीछे ओझल हो गया। जब लौटी तो दाँतों में सुई दबाए हुए, दोनों हाथों में धागे को खोलती हुई।

ताँगा स्टेशन की ओर चला, तो ताँगे की पिछली सीट पर अशोक के साथ बैठी सुषमा उसी कमीज को टाँका लगाने लगी।

''तुझे तेरे भाई की सब चीजें पहननी पड़ती हैं? बेचारा!'' और बार-बार हँसने लगती।

''चल छोड़, लोग देखेंगे तो हँसेंगे। वह देख, वह औरत खड़ी देख रही है।''

''हँसने दे।'' और सुषमा ताँगे के ऊबड़-खाबड़ हिचकोलों में हँसती-मजाक करती, कमीज को टाँका लगाती रही। और अशोक का जी फिर एक विशेष शौर्य से चुटकी ले उठा : जैसे विलायत में लड़के-लड़कियाँ इकट्ठे छुट्टी मनाने जाते हैं, वह भी जा रहा था!

गाड़ी में दोनों हँसते, गाते, खेलते रहे। कहीं फल, कहीं चाट, कहीं अशोक चलती गाड़ी पर कूदकर चढ़ता।

एक बूढ़ा मुसाफिर पहले उनकी अठखेलियाँ देखता रहा, फिर बोला, ''कहाँ जा रहे हो? भाई-बहन हो?''

इस पर अशोक का साहस तो झटक गया, मगर सुषमा मुँह पर रूमाल रखकर हँसने लगी। फिर अशोक, कुछ साहस बटोरकर बोला, ''जी, यह मेरी मौसी की लड़की है।''

इस पर सुषमा ठहाका मारकर हँस पड़ी, और वृद्ध अपनी मूँछों में खिसियाकर चुप हो गया।

दो घंटे के बाद जब गाड़ी हमीरे पहुँची, तो शान्ता, अशोक और सुषमा को एक साथ देखकर तनिक भी हैरान नहीं हुई। बोली, ''लुग्गड़, तू भी आ गया है? मैंने तो सिर्फ इसे ही बुलाया था।''

''मैं कहाँ आनेवाला था, यह मुझे खींच लाई है।''

''मैं खींच लाई? कहता था, मुझे भी ले चल, इनकार कैसे करती!''

छुट्टियाँ शुरू हुईं। पहले रोज बारह अंडे एक साथ बने। दिन को ग्रामोफोन पर एक ही रिकॉर्ड बीसियों बार बजाया गया। शान्ता का पति हमीरे में एक फैक्टरी का मैनेजर था। रुतबे में बड़ा, उम्र में छोटा और दिल का हँसोड़ था। चारों में खूब पटने लगी। जब हँसते तो चारों लोट-पोट हो जाते। उसके साफ-सुथरे क्वार्टर के बाहर कमाद के खेत थे। एक तरफ कमाद, दूसरी तरफ सरसों, पीछे दूर नीली-नीली पहाड़ियाँ। और मार्च महीने की हल्की ठंडी हवा सारा वक्त बहती, बाल उड़ाती रहती। दोपहर को कमाद के खेत में से गन्ने मँगवाए गए, चारों ने धूप में बैठकर चूसे। और छुट्टी का पहला दिन हँसी-मजाक में यूँ बीत गया।

दूसरे दिन सुबह, अभी अशोक बराँडे में सो ही रहा था कि सुषमा ने पानी का लोटा उसके मुँह पर उँडेल दिया और खिलखिलाकर हँस पड़ी। और फिर, जब वह हड़बड़ाकर उठा और एक पूरी बाल्टी उठाकर सुषमा के पीछे भागा और घंटा-भर भागने और हाँफने के बाद उस पर सारी बाल्टी उँडेल पाया, तो उसका दिल कुछ कचोच गया। दूसरी छुट्टी शुरू हुई। घर का सारा फर्श धुल गया, हँसी से सारा घर गूँजने लगा, और चारों के कपड़े तर हो गए। फिर जब शान्ता का पति दफ्तर चला गया और शान्ता अपने बाल निचोड़ कपड़े बदलकर चौके में चली गई तो सुषमा अशोक का सूटकेस चारपाई के नीचे से खींच लाई!

''कोई और भी कमीज साथ लाया है या भाई ने एक ही कमीज दी थी?''

''चल हट!''

सुषमा ने हँसते हुए अशोक का सूटकेस खोल दिया और उसमें से कमीज ढूँढ़ने लगी। यहाँ दो-तीन कपड़ों के अलावा और कुछ रखा न था। इनके नीचे एक सफेद कमीज जैसे छिपी रखी थी।

''मिल गई एक और तेरे भाई की कमीज। सच कह, तेरी है या तेरे भाई की?''

अशोक का मुँह लाल हो गया और वह बोला, ''मेरे भाई की।''

''देखा? मैंने कहा था?...सुना शान्ता?''

चौके में बैठी शान्ता भी खिलखिलाकर हँस दी। और घर में फिर एक हँसी की गूँज दौड़ गई।

सुषमा ने कमीज निकाल ली और उसे झोली में रखते हुए, उसके कालर और कफ देखने लगी।

''पगले, जो लेनी भी थी तो बटन तो साथ लेता। भाई ने बटन उतारकर कमीज दी।''

और फिर सुई-धागा लिये, अपने हाथों से उस पर बटन टाँकने लगी।

''मेरी हुई या मेरे भाई की हुई, हम दोनों पहन तो सकते हैं, तेरे कपड़े कौन पहनेगा?''

''इसीलिए मेरे कपड़े मेरे अपने होते हैं।'' सुषमा बोली और दाँतों से तागा काटती हुई हँसने लगी।

उस वक्त पहली बार अशोक को उसकी हँसी में एक हल्के-से संगीत का आभास हुआ। उसके दाँत छोटे-छोटे मगर सफेद, एक लड़ी में पिरोए हुए-से जान पड़े।

अशोक लपककर कमीज छीनने लगा।

''दे दे मुझे, मैं खुद बटन लगा लूँगा।''

''एक तो लग भी गया। इसमें है ही क्या! चिन्ता न कर, मैं किसी को बताऊँगी नहीं कि तू भाई के उतरे हुए कपड़े पहनता है।''

अशोक को फिर सुषमा की हँसी में संगीत की आवाज आई। उसे वह बहुत भली लगने लगी।

इसके बाद छीना-झपटी शुरू हुई। सुषमा कमीज को गोद में दबाए, दोनों कोहनियाँ उस पर रखे झुक गई और अशोक उसे छीनने के लिए उस पर से सुषमा के बाजू खींचने लगा। सुषमा हँसती जाती और कमीज को छाती से चिपटाए जाती। अशोक कभी उसके एक बाजू को उठाता, कभी उसे धकेलने लगता, कभी दाएँ से कभी बाएँ से। थोड़ी देर बाद अशोक हाँफते हुए, कमीज छोड़कर अलग हो गया। वह सहसा शरमाने और संकोच करने लगा।

मगर जब सुषमा ने ठहाका मारकर कहा, 'बस, ले ली कमीज?' तो अशोक फिर उससे कमीज छीनने के लिए उलझ गया।

उसके अंग-अंग में एक अजीब आतुरता-सी आने लगी। बड़ी देर तक यह छीना-झपटी जारी रही।

इस ढंग से यह बात, यह प्रणय-लीला शुरू हुई, और देखते ही देखते अशोक की नजरों में सुषमा का रूप बदलने लगा। जिसके ठिंगने छोटे-से कद को देखकर

पहले दिमाग में मजाक घूम जाया करते थे, अब उसमें एक नन्ही-सी सुबक कोमलता नजर आने लगी। जिसके कटे हुए काले मोटे बालों को सदा तेल की जरूरत रहा करती थी, उनको अब जैसे सुबह की किरण छू गई है। उड़ती हुई लटें कुंडल दिखाने लगीं। अब जब हँसते हुए अशोक का हाथ कभी सुषमा के हाथ को छू लेता तो ऐसे जान पड़ता, जैसे सुषमा के हाथ ने दिल को छू लिया हो! दस वर्षों के परिचय में जो सुषमा केवल 'नाटी इसाइन' और शान्ता की 'निकृष्ट सहेली' बनी हुई थी, अब वह दो ही दिन में सौन्दर्य और प्रेम की सौगात प्रतिमा बनकर दिल के समीप आने लगी। अब उसका जी चाहता कि दोनों अकेले घूमने जाएँ और दिन-भर खेतों में घूमते रहें। दूसरे लोगों का साथ होना उसे अखरने लगा।

शाम के वक्त जब चारों सैर को निकले, और सुषमा चुन्नी कमर में बाँधे और लाल कमीज और सफेद सलवार पहने, चहकती हुई आगे-आगे जाने लगी, तो अशोक की जबान चुप हो गई, आँखें सुषमा की काया पर सिमट आईं, और जी जैसे धड़कने लगा।

और अब छुट्टी की आखिरी शाम आ पहुँची थी। तीन दिन बीतते पता तक नहीं चला था। गाड़ी छूटने में केवल दो-तीन घंटे की देर थी जब दोनों फिर अपने-अपने घर को, अलग-अलग दिशाओं में लौट जाएँगे।

अशोक की हँसी आज दोपहर से ही शान्त हो चुकी थी। मौन और उदास वह कमरे के फर्श पर लेटा हुआ सुषमा को एकटक देखे जा रहा था। सुषमा सामने पलंग पर गहरी नींद में सो रही थी। जो कल वह यों सोई हुई होती तो वह उसे झटका देकर उठा देता, उसके मुँह पर पानी उड़ेल देता मगर आज दिल को अवसाद ने ढक लिया था। अब उसे उठाने की उसकी हिम्मत न हो रही थी। उसका सारा बदन बार-बार पुलकित हो उठता। उसका जी चाहता कि सुषमा आँखें खोले, और दोनों आपस में बातें करें। वह सुषमा से पूछे, 'मुझ पर नाराज तो नहीं हो?', 'छुट्टियों में खत लिखोगी?', 'मुझे भूल तो नहीं जाओगी?' मगर सुषमा के जल्दी उठ जाने की कोई सम्भावना न थी। फर्श पर लेटा करवटें लेता हुआ अशोक सुषमा के व्यवहार में प्यार का अंकुर ढूँढ़ने लगा, वह मेरी कमीज को टाँकने क्यों लगी थी? जब मैं छीनता था तो उसे छाती से चिपटाए हुए थी, उसी ने मुझे यहाँ चले आने को कहा था, जब मैंने उसका हाथ छुआ तो उसने कुछ भी नहीं कहा, केवल मुस्कुरा दी। सुषमा के उठ जाने की कोई सम्भावना न देखकर, धीरे-धीरे उसी उधेड़-बुन में अशोक की भी आँखें लग गईं।

जब उसकी नींद टूटी तो उसे ऐसा भास हुआ, जैसे कोई हल्के-हल्के उसके बाल छू रहा है। अशोक का रोम-रोम एक अगाध स्निग्ध भावना से प्लावित हो उठा, जैसे वसन्त का पहला झोंका किसी बाग को सहला जाए! आतुर और अधीर वह फिर भी मौन साधे आँखें मूँदे पड़ा रहा, इस डर से, कहीं आँख खोल दी तो

सुषमा हाथ न हटा ले। उसका सारा बदन बार-बार आशा की हिलोर से पुलकित हो उठता, जैसे उसके दिल की मुराद पूरी हो गई हो! किसी-किसी वक्त कोई हल्का-सा स्पर्श उसकी आँखों को छू जाता। थोड़ी देर बाद सहसा उसकी आँखों पर और माथे पर कोई हल्की-सी चीज गिरी, फिर कानों पर, फिर दोबारा माथे पर।

अशोक ने आँखें खोल दीं। सामने सुषमा पलंग पर बैठी गुलाब के दो फूल हाथ में लिये उनकी पंखुड़ियाँ तोड़-तोड़कर अशोक के बालों पर फेंक रही थी। अशोक उठने लगा।

सुषमा हँस पड़ी, नन्ही-सी संगीत-भरी हँसी और झट से बोली, "तुम लेटे रहो, ऐसे मुझे अच्छा लगता है।"

अशोक का रोम-रोम फिर नाच उठा। उसका जी चाहा, उठकर सुषमा का हाथ पकड़ ले और दिल के सब उद्‌गार कह डाले। वह आँखें उठाए अनुराग-भरी नजरों से सुषमा के चेहरे को देखने लगा।

"जब तू यूँ सो रहा था तो तेरा चेहरा तेरे भाई से मिलता था। उस जैसी भँवें, उस जैसी नाक...।"

अशोक दिल-ही-दिल में झल्लाया। यह कौन-सा राग सुषमा ने छेड़ दिया? उसे फिर मजाक सूझ रहा है। यह वक्त क्या मजाक करने का है? अभी घंटे-भर में तो हम एक-दूसरे से बिछुड़ जाएँगे। वह दिल की बात क्यों नहीं कहती? जानती नहीं कि मेरा दिल कैसा हो रहा है?

इतने में फिर सुषमा बोली, "तू इसी तरह पड़ा रह। मुझे अच्छा लगता है।"

"क्यों मजाक करती हो सुषमा? क्या यह वक्त कोई मजाक क़रने का है?"

अशोक विरक्त-सा होकर उठ बैठा और एक-एक करके अपने बालों में से फूलों की पत्तियाँ हटाने लगा। सुषमा अब भी एकटक उसके चेहरे को देखे जा रही थी। और अशोक का दिल उसकी आग्रह-भरी नजर को देखकर फिर बल्लियों उछलने लगा।

"एक बात बताएगा अशोक? सच कह, बताएगा?" सुषमा ने अत्यन्त धीमी आवाज में, अशोक की ओर झुककर कहा।

"क्या है सुषमा? क्यों नहीं बताऊँगा?" अशोक का दिल धड़कने लगा। सुषमा ने जरूर उसके दिल के डूबते-उतराते उद्‌गारों की थाह पा ली है। वह क्या कहेगी? वह अपने मन की बात साफ-साफ क्यों नहीं कहती? इतनी झिझकती क्यों है?

"तेरा भाई क्या मुझसे नाराज है? मेरे खतों का जवाब क्यों नहीं देता? पहले तो इतने खत लिखता था!"

सुषमा एकटक अशोक को देख रही थी। फिर मुस्कुराते हुए कहने लगी, "इतना अभिमान भी क्या हुआ! जाने से पहले तो इतने वादे करके गया था कि

रोज खत लिखूँगा। क्या उसे इतना काम करना पड़ता है कि उसे खत लिखने की फुर्सत नहीं?''

अशोक को काठ मार गया। इस एक वाक्य की चुभन से उसका मुख पीला पड़ने लगा। वह अवाक् सुषमा के चेहरे की ओर देखने लगा, जैसे अब भी मानी-अनमानी करना चाहता हो। उसके रोम-रोम का स्पन्दन क्षण-भर में निरुद्ध हो उठा। तो यह कमीजें टाँकने और मुँह पर फूल-पत्तियाँ फेंकने और यह खेलकूद, सारा वक्त किसी दूसरे को ही लक्ष्य करके चल रही थी? मैं उसकी स्वप्न-क्रीड़ा का साधन मात्र बना हुआ था?

सुषमा अब भी बड़े आग्रह से, हाथों में गुलाब के अधनुचे फूल लिये उसके जवाब का इन्तजार कर रही थी। कहने लगी, ''उसे बेशक कह देना, जो उसने अब की चिट्ठी न लिखी तो मैं भी नहीं लिखूँगी। मुझसे तो बार-बार लिखने को कहता था, अब खुद नहीं लिखता।''

इस दोहराए गए वाक्य ने अशोक की व्यथित आशाओं को फिर से मसल दिया। वह मन-ही-मन क्षुब्ध हो उठा। जैसे उसके साथ खिलवाड़ हो रहा हो!

''तू बोलता क्यों नहीं अशोक, बात क्या है?''

अशोक ने उसके चेहरे की ओर देखा। सुषमा उसके उत्तर की प्रतीक्षा में एक-एक क्षण गिन रही जान पड़ती थी। क्षण-भर के लिए वह ठिठक गया। सुषमा की आँखें कितनी आतुर, कितनी आग्रह भरी थीं! मगर वह आग्रह उसके लिए न था। उसके लिए तो शायद सुषमा के दिल में अवहेलना ही थी।

वह एक आहत प्राणी की तरह जैसे छटपटाकर बोल उठा, ''भाई की तो सगाई होने जा रही है। इतवार को सगाई है, क्या तुम नहीं जानतीं? वह अब तुम्हें खत लिखेगा?''

सुषमा के हाथ काँप गए और अशोक के देखते-ही-देखते सुषमा का चेहरा भी पीला पड़ने लगा। उसके सारे शरीर में व्याकुलता का कम्पन दौड़ गया। उसके होंठ क्षण-भर के लिए फड़फड़ाए और फिर चुप हो गए।

और दोनों हतप्रभ, एक-दूसरे को देखने लगे।

पहचान

कई बार किसी आदमी का पूरा परिचय पाने में वर्षों लग जाते हैं, और वर्षों के बाद भी आपको यकीन नहीं होता कि आप उसे पूरी तरह जान पाए हैं या नहीं। मुझे भी एक ऐसा ही विचित्र अनुभव एक स्त्री के सम्बन्ध में हुआ। दो वर्ष में मैं उसे शायद कुछ-कुछ जान पाया था, मगर अब सोचता हूँ कि यह पहचान भी एकदम अधूरी थी।

लगभग पाँच वर्ष पहले की बात है। मैं अम्बाला छावनी में रहा करता था। अब तो अम्बाला बदल गया है, आबादी बढ़ गई है, और सड़कों पर रौनक दिखाई देती है। मगर उन दिनों उसकी सपाट लम्बी सड़कों पर केवल फौजी ही घूमते हुए नजर आया करते थे और रात के आठ बजते ही छावनी पर सन्नाटा छा जाया करता था।

इसी अम्बाला में एक औरत रहा करती थी जो अक्सर बगल में हरे रंग की फाइल दबाए घूमती नजर आती थी। लम्बा ऊँचा कद, सफेद धुले हुए कपड़े, सीधी चाल और बगल में फाइल। कई लोगों की विलक्षणता उनकी शक्ल-सूरत में होती है, कइयों की वेशभूषा में, मगर उस औरत की विलक्षणता उसके ऊँचे कद और इस हरी फाइल में थी। यों न वह युवा थी, न सुन्दरी। जिस वक्त मैंने उसे देखा था, उसकी अवस्था लगभग चालीस वर्ष की होगी।

उस औरत को चिट्ठियाँ लिखवाने का जुनून था। छावनी में शायद ही कोई ऐसा बाबू होगा जिससे एक-आध चिट्ठी न लिखवाई हो। खुद वह अनपढ़ थी, एक अक्षर भी न जानती थी, मगर चिट्ठियाँ लिखवाती, और हर चिट्ठी की नकल बड़ी तरतीब से फाइल में लगा लेती।

यह जरूर अनोखी बात थी, मगर इससे भी अनोखी बात यह थी कि बड़े-बड़े अफसरों की कोठियों में बेधड़क चली जाती। मैंने खुद उसे ब्रिगेडियर, कर्नल और एरिया कमांडर के घरों में से निकलते देखा था। जरूरी बात है कि जो स्त्री इस कदर आजाद और निडर होकर घूमती हो, उसके बारे में तरह-तरह की बातें उठेंगी। कोई

कहता, सिफारिशी चिट्ठियाँ लेने जाती है। कोई कहता, अपनी जवान बेटियों की कमाई खाती है। कोई कहता, यह किसी अमीर आदमी की तीसरी बीवी थी, किसी गाँव से खरीदकर लाई हुई, और यहाँ अब फौजी अस्पताल में मामूली सफाई के काम पर नौकर है। इन किंवदंतियों के कारण बाबू लोग उससे सचेत रहते थे। अफसरों के डर से चिट्ठियाँ तो लिख देते, मगर इससे ज्यादा कोई उससे सरोकार न रखता। मेरा भी उससे परिचय हुआ, मैंने भी उसकी कुछ चिट्ठियाँ लिखीं, और मैं भी लोगों के कहे पर उससे सावधान रहने लगा। शहर के बड़े गिरजे के पीछे जहाँ मैं रहता था, उससे थोड़ा हटकर मैदान के पार पेड़ों के झुरमुट के पीछे एक ओवरसीयर के अहाते में उसका क्वार्टर था।

गर्मियों की एक रात थी। हम क्वार्टरों के सामने अपनी खाट बिछाए सो रहे थे। अकस्मात् गहरी रात गए, किसी के ऊँचा-ऊँचा चिल्लाने की आवाजें आने लगीं। हम सब उठ बैठे और यह शोर सुनने लगे। आवाजें ओवरसीयर के बँगले की तरफ से आ रही थीं। कुछ लोग तो यह कहकर फिर सो गए कि यह उसी आवारा औरत के घर का कोई झगड़ा है, मगर दो-एक व्यक्ति अपना कौतूहल मिटाने के लिए, लाठियाँ उठाए, उस तरफ चल पड़े। मैं भी साथ हो लिया।

आवाजें सचमुच उसी के घर से आई थीं। जब हम वहाँ पहुँचे तो वह औरत हाथ हिला-हिलाकर कह रही थी, ‘‘मैं एक-एक को दुरुस्त करूँगी—मैं एक-एक को जानती हूँ! मैं सबको पहचानती हूँ! मैं कल ही करनैल साहब को चिट्ठी लिखवाऊँगी।’’

उस वक्त भी चिट्ठी! हम मन-ही-मन हँसे।

चारों ओर अँधेरा था और केवल उसके छोटे क्वार्टर के सामने बत्ती के नीचे यह औरत अपने सामने खड़ी हुई बेटी को हाथ हिला-हिलाकर यह सुना रही थी। क्वार्टर के सामने तीन-चार खाट बिछी थीं जिनमें से एक पर उसकी लड़की और दूसरी पर एक नौ-दस वर्ष का बालक चुपचाप घबराए-से बैठे था।

हमें देखते ही वह हमारे पास चली आई और ऊँचे स्वर में मुझसे कहने लगी, ‘‘वीरजी, देखा तुमने, यह भी कोई हाल है!’’

मालूम हुआ कि यह औरत अपने परिवार सहित क्वार्टर के बाहर सोई हुई थी, कुछ फौजी लोग रात को शो देखकर सिनेमाघर से लौटे और शराब के नशे में पहले आवाजें कसने लगे और फिर नजदीक आकर परिवार पर कंकर-पत्थर फेंकने लगे। मगर जब यह चिल्लाई और गालियाँ देती हुई उनके पीछे दौड़ी, तो वे वहाँ से भाग गए।

मैं पहले भी हैरान था कि औरत किस प्रकार इस अलग-थलग छावनी में आकर टिकी हुई है। अब मेरे मन में भी सन्देह पैदा हुआ। अगर फौजी आज आए हैं तो शायद पहले भी आते होंगे। आखिर फौजी हर घर पर आवाजें नहीं कसते। मैंने उसकी बड़ी लड़की को भी देखा। साधारण-सी लड़की जान पड़ी, मगर कुछ

निश्चय न कर पाया कि वहाँ भी बनावटी क्या है और असल क्या। सबसे अचम्भे की बात यह थी कि ओवरसीयर के बँगले में से कोई भी उठकर औरत की मदद को न आया था।

हम लौट आए, मगर दूसरे ही रोज वह अपनी हरी फाइल उठाए, मेरे घर आ धमकी। कहने लगी, कर्नल रघुवीरसिंह के नाम अर्जी लिख दो। मैं उसके मामलों से दूर रहना चाहता था। मैंने बहुत आनाकानी की मगर आखिर में खत लिख दिया। उसने सारा खत ऐन बाकायदा मुझसे लिखवाया। पाँच आदमियों की शिकायत की, एक-एक का नाम, रैंक और कम्पनी लिखवाई। साथ ही अपनी स्थिति का रोना-धोना लिखा, और उन्हें सजा दिलाने की तलब की और साथ ही यह भी लिखवाया कि जो उन्हें सजा न हुई तो सरकार बदनाम होगी और मैं बिग्रेडियर साहब तक फरियाद लेकर जाऊँगी।

तीन-चार रोज बाद वह फिर आ पहुँची और वैसी ही एक और चिट्ठी लिखवाई। उसके बाद मामला शान्त हो गया। फिर महीनों बीत गए और वह मेरे मकान पर नहीं आई। मैंने सोचा, उसे जवाब मिल गया होगा, या मुमकिन है, किसी दूसरे से चिट्ठियाँ लिखवाती फिरती हो!

इस घटना के शायद दो-तीन महीने बाद की बात होगी कि मैं फिर उसके झमेले में आ फँसा। और जो कुछ हुआ, उसकी मुझे तनिक भी आशा न थी।

एक रोज सुबह, अभी पौ भी न फटी थी कि वह मेरे घर आ पहुँची। यों भी उसके आने का कोई वक्त नहीं था। उसे देखते ही मैं असमंजस में पड़ गया कि अब करूँ तो क्या करूँ! उन दिनों मैं अकेला था। श्रीमती मायके गई हुई थीं। सुबह होते-होते यह घर से बाहर निकलेगी तो साथवाले बाबू क्या कहेंगे! मेरे प्राण सूख गए कि एकाएक वह अन्दर चली आई। आँखों में काजल लगाए और दुपट्टा लाल ओढ़े। उसी तरह तेज कदम, हाँफती साँस लेती हुई और हाथ हिलाती हुई। अन्दर आकर वह हँसने-मुस्कुराने लगी। वह औरत देखने में बुरी न थी। किसी जमाने में उसने जरूर उस बूढ़े रईस का दिल अपनी भावभंगिमा से गरमाया होगा। मगर उसे अपने घर में देखकर मेरा पसीना छूट रहा था। मैं सोच रहा था कि जब यह क्वार्टर से बाहर निकलेगी, तो मेरा क्या बनेगा, पर वह हँसकर दुपट्टे का छोर होंठों पर रखती हुई बोली, ''वीरजी, तुम तो मिलने से भी रहे। इसी से मैं सुबह-सवेरे तेरे घर चली आई। मैंने सोचा, देर हो गई, तो तुम कहीं निकल जाओगे।''

''बात क्या है ?'' मैंने रुखाई से पूछा।

''आज मेरी बेटी का ब्याह है। वीरजी, आठ बजे आनन्द-कारज होगा। मेरा यहाँ कौन है ? तुम जरूर आना। तुम ही आकर कन्या:दान करोगे।''

मेरी जान में जान आई। उसके बाद वह बार-बार आने का अनुरोध करती हुई उठी और हँसती हुई बाहर चली गई।

वह तो चली गई, मगर मैंने निश्चय कर लिया कि मैं इस ब्याह पर नहीं जाऊँगा। मगर आठ बजते-बजते मैं दुविधा में पड़ गया। मुझे खयाल आया कि अगर नहीं जाना था, तो पहले ही उसे कह देना चाहिए था। और फिर वहाँ जाने कौन-सा पहाड़ मुझ पर टूट पड़ेगा? खैर, आठ बजते-बजते मैं उसके घर जा पहुँचा। और उस रोज मैंने उसका जो रूप देखा, वह आज तक भूल नहीं पाया। जो कुछ मैंने देखा, उससे मेरे मन में उस औरत के प्रति आदर फूट पड़ा।

मैं ठीक आठ बजे उसके क्वार्टर पर पहुँच गया था। मगर वहाँ एक भी आदमी नहीं था। क्वार्टर के बाहर जमीन पर दो छोटी-छोटी फटी-पुरानी दरियाँ बिछी थीं, और एक ओर तौलिए से ढकी हुई एक पीतल की परात रखी थी, बस! पानी का छिड़काव तक न हुआ था।

मैं अभी वहाँ खड़ा ही हुआ था कि अन्दर से ऊँचा-ऊँचा गाने की आवाज आई—'कन्हैया जी आ वड़ियो साडे वेहड़े।' मैंने आवाज पहचान ली। यह वही औरत गा रही थी। मुझे देखते ही वह दौड़ी-दौड़ी बाहर चली आई और मेरा हाथ पकड़कर अन्दर ले गई। सच मानिए, इतना गरीब ब्याह मैंने उम्र-भर में और कभी नहीं देखा था। कमरे के एक कोने में उसकी बेटी, गाढ़े की लाल ओढ़नी ओढ़े, एक टिमटिमाते दीये के सामने चुपचाप झुकी हुई बैठी थी और छोटा भाई कभी दुलहन की पीठ पर चढ़ बैठता और कभी जहाँ माँ जाती, उसके पीछे हो लेता।

मगर यह औरत वहाँ इस तरह घूम रही थी, जैसे रिश्ते के बीसियों आदमी वहाँ आए हुए हों और उसे पसीना पोंछने की भी फुर्सत न हो! कभी सुहाग के गीत गाती, कभी बेटी से हँसी-मजाक करती, कभी गाती हुई अपनी बीमार दूसरी बेटी के बाल गूँथने लगती। चारपाई के नीचे टीन का एक ट्रंक रखा था। उसे वह मेरे सामने खींचकर निकाल लाई और खोलकर कहने लगी, "देखो वीरजी, बेटी के लिए मैंने पीली साटन का सूट बनवाया है। सारे शहर में इस रंग की साटन नहीं मिलती। यह दोहरा खेस है! यह दरी जेलखाने की बनी है! बीस वर्ष तक कहीं फटेगी। यह सब बेटी का दहेज है!"

मैंने सुन रखा था कि जब उस औरत का अपना ब्याह हुआ था, तो घर में तीन रात तक मुजरा हुआ था और शहर के छोटे-बड़े टूट पड़े थे। बेटी का यह दहेज देखकर मेरा जी भर आया।

इतने में लड़का भागता हुआ अन्दर आया और बोला कि बारात आ गई। हम लोग बाहर आए और देखा कि सचमुच बारात आई है! मगर न बाजा, न फूल, न कोई चहल-पहल। चार बाराती पैदल चलकर दरी पर आ खड़े हुए थे, और उनमें से एक नाटे कद का काला-सा आदमी, उजले कपड़े पहने, गले में हार लटकाए दूल्हा बना खड़ा था! बस, यही बारात थी।

ब्याह हो गया। एक बूढ़े ग्रन्थी ने, जिसे बाराती साथ लाए थे, आनन्द-कारज

करवाया। मैंने नि:संकोच कन्यादान किया। मुँह मीठा करने के लिए परात में से आटे का हलवा बाँटा गया।

शादी की कोई रस्म न थी, जो उस औरत ने पूरी न की हो। यहाँ तक कि वर-वधू को इकट्ठा बिठाकर जो पहली शरारत-भरी खेलें करते हैं, वह भी उस औरत ने वर-वधू से करवाई ताकि बेटी के दिल में कोई अरमान बाकी न रह जाए।

बारात लड़की को लेकर लौटने लगी। एक आदमी ने सिर पर ट्रंक उठाया और लड़की अपने पति के पीछे-पीछे धीरे-धीरे मैदान पार करने लगी। वह औरत अपने एक हाथ से मेरी कोहनी को पकड़े चुपचाप यह सब देख रही थी कि एकाएक मैंने अनुभव किया कि उस स्त्री का हाथ सहसा काँपने लगा है। मैंने मुड़कर देखा, उसकी आँखों से झर-झर आँसू बह रहे थे। सिसकते-सिसकते वह कहने लगी, ''मैं बेचारी क्या जानूँ, क्या होगा वीरजी! लड़का पूरब का है, हम पंजाबी हैं। तुम्हें लड़का पसन्द है, वीरजी?''

और जैसे पीपल का सूखा पत्ता काँपता है, वह औरत थर-थर काँप रही थी। जिस औरत के बारे में मैंने तरह-तरह की अफवाहें सुनी थीं, जो निर्भीक लोगों के घरों में घूमा करती, और एक राक्षसी की तरह चिल्लाती और गालियाँ देती फौजियों के पीछे भाग खड़ी होती, उसका इतना कोमल हृदय होगा, यह देखकर मेरा हृदय उसके प्रति आदर से भर गया। मैंने देखा, वह असहाय महिला न मालूम किन-किन मुसीबतों के सामने अपने परिवार को अपने परों के नीचे लिये बैठी है। मेरे सब सन्देह दूर हो गए। जो सान्त्वना मैं दे सकता था, देकर घर लौट आया।

मगर अचरज की बात! जब घर पहुँचा तो मालूम हुआ कि यह दामाद वही शख्स था जिसके खिलाफ महीना पहले उसने चिट्ठियाँ लिखवाई थीं, वही जमादार राजासिंह था, वही शराबी, पत्थर फेंकनेवाला फौजी, जिसे यह छटी का दूध याद कराने की धमकी दे रही थी। मेरा मन शंकित हो उठा था और मैंने निश्चय कर लिया कि उसके साथ कोई सरोकार न रखूँगा।

मैंने ठीक ही किया। क्योंकि शादी के दो महीने-भर बाद वह औरत पकड़ी गई और उसके साथ ही एक फौजी अफसर भी पकड़ा गया। फौजी अफसर मुअत्तल हो गया और उस औरत को चौबीस घंटे के अन्दर अम्बाला छोड़ देने का हुक्म हुआ। औरत पर चोरी का और अफसर पर रिश्वतखोरी का इल्जाम था।

मालूम हुआ कि शादी के फौरन बाद ही उस लड़की के पति की तब्दीली हो गई थी और वह दूर झाँसी चला गया। लड़की उसके साथ गई थी। कुछ मुद्दत बाद वे दोनों छुट्टी पर अम्बाला आए। अम्बाले की सड़कों पर पहले माँ घूमती थी, अब बेटी भी नजर आने लगी। शोख भड़कीले कपड़े पहने, लिपस्टिक, काजल और सुर्खी लगाए, जेवर पहने। लोग कहते, जमादार को उँगलियों पर नचा रही है। जब वापस लौटे तो रास्ते में एक स्टेशन पर दुलहन ने शोर मचाना शुरू कर दिया कि

उसके जेवर चोरी हो गए हैं। ट्रंक में बाकी सब कुछ मौजूद था मगर जेवर न थे। जमादार ने बहुतेरा ढूँढ़ा, रिपोर्ट लिखवाई, मगर चोरी होता तो पकड़ा जाता और चोरी तो असल में अम्बाले में हुई थी। और जेवरों की असल चोर दुलहन की माँ थी। बात निकलती भी नहीं, मगर लोग कहते, पाप सिर से लाँघ गया था। जेवरों में से दो कड़े फौजी अफसर के पास से पकड़े गए। कोई कहता कि फौजी अफसर ने खुद रिपोर्ट की थी कि औरत उसे रिश्वत देना चाहती थी। बीच की बात भगवान जाने, वह औरत अपने परों पर पानी न पड़ने देती थी। मगर जाहिरा तो यही सुनने में आया कि उसकी छोटी लड़की दिल के रोग से बीमार थी, जिसे वह फौजी अस्पताल में दाखिल करवाना चाहती थी। मगर इसकी इजाजत न होने के कारण उसने अस्पताल के अफसर की बीवी को दो कड़े भेंट किए, और अफसर ने उल्टे रिपोर्ट कर दी।

इस घटना से शहर में सनसनी फैल गई। हम बाबू लोगों ने तो उसके चले जाने पर चैन की साँस ली। कुछ लोगों को रंज था कि उसे जेल क्यों न हुई। जिस रोज उसे शहर छोड़ने का हुक्म मिला, वह मुझसे मिलने आई, मगर दूर से उसे आता देख, मैं क्वार्टर के पिछवाड़े की ओर से भाग गया।

मगर उसने मुझे नहीं भुलाया। अभी दस रोज भी न बीते होंगे कि उसका एक खत मुझे मिला। खत अमृतसर से लिखा हुआ था। वह दिल्ली जाना चाहती थी और उसने मुझसे प्रार्थना की थी कि दिल्ली में कोई जान-पहचान का आदमी हो तो उसके नाम चिट्ठी लिख दूँ। उसने यह भी लिखा था कि मैं फलाँ गाड़ी से दिल्ली जाऊँगी, मेरा छोटा बेटा अभी क्वार्टर में ही है। बड़ी कृपा होगी यदि तुम उस बच्चे को स्टेशन तक पहुँचा दो।

इस चिट्ठी का जवाब तो मैंने नहीं दिया, मगर उसके बेटे को स्टेशन तक पहुँचाने की हिम्मत मैंने जरूर की। अब सर्दी का मौसम आ गया था और शाम पड़ते ही अँधेरा छा जाता था। गाड़ी रात के ग्यारह बजे अम्बाला स्टेशन पर पहुँचती थी।

रात के नौ बजे के करीब मैं उनके घर की तरफ गया। क्वार्टर का दरवाजा खुला था, मगर अन्दर घुप्प अँधेरा था। मैं ठिठक गया। मगर फिर जी कड़ा करके अन्दर कदम रखा और दियासलाई जलाई। एक कोने में खाट पर बैठा उसका छोटा लड़का ठिठुर रहा था, जैसे भिखमंगे बच्चे अक्सर बारिश के दिन सिकुड़े पड़े होते हैं। माँ अपनी बीमार बेटी को लेकर चली गई थी और उसे यहाँ अकेला छोड़ गई थी। उसके चले जाने पर बिजली भी काट दी गई। पिछले दो सप्ताहों में इस अभागे बालक की सुध किसी ने नहीं ली थी। बच्चे ने मुझे पहचान लिया और काँपता हुआ उठ खड़ा हुआ। मैंने दियासलाई जलाकर सामान इकट्ठा किया। एक दरी, अलमारी में दो-एक बर्तन और अलमारी के निचले खाने में उस औरत की हरे रंग की फाइल।

बस, यही सामान था। किसी तरह मैंने सामान बाँधा, खाट को वहीं छोड़ा और इसी फाइल को चादर में लपेट मैं स्टेशन पर पहुँचा।

स्टेशन पर पहुँचकर मैंने बच्चे को बैंच पर बिठा दिया और खुद लौटने की तैयारी करने लगा, क्योंकि गाड़ी आने में अभी देर थी। मगर बच्चे की दशा देखकर मेरे पैर न उठ सके। मैंने उसे कुछ खाने को ले दिया। मैं उसके पास ही बैंच पर बैठ गया और पीठ सहलाने लगा।

धीरे-धीरे मन में एक कौतूहल जागा। देखूँ तो इस बोझल फाइल में क्या है! गाड़ी आने में अभी तक देर थी, इससे समय काटने को मैंने उसकी फाइल खोली। वर्षों पहले की चिट्ठियाँ वहाँ पर लगी थीं। चिट्ठियाँ क्या थीं, अर्जियाँ थीं। कहीं शिकायतें, कहीं दरखास्त। देश-निकाले का नोटिस भी वहाँ लगा था, एक अर्जी बेटी को अस्पताल में दाखिल करने के बारे में भी थी। चिट्ठियाँ पढ़ता-पढ़ता मैं दस-बारह वर्ष पहले की चिट्ठियाँ उलटने लगा। अब जगह-जगह पर नए-नए नाम मेरी नजरों में गुजरने लगे : चम्पा, सावित्री, वेदपाल! मेरे जी में यह जानने की उत्सुकता पैदा हुई कि ये सब कौन हैं और कहाँ हैं? मगर उस छोटे बच्चे से वर्षों पहले की बातें पूछना बेकार था।

गाड़ी आई और एक डिब्बे के दरवाजे पर वह लम्बे कद की औरत हाथ हिला-हिलाकर मुझे बुला रही थी। उसने मुझे पहले ही देख लिया था। मैंने आगे बढ़कर जल्दी से लड़का उसके हवाले कर दिया। बेटा माँ की टाँगों के साथ चिपटकर फूट-फूटकर रोने लगा। माँ ने क्षण-भर उसकी पीठ थपथपाई, और फिर उसे उठाकर ऊपरवाली सीट पर बिठा दिया, और मुझसे अपना सामान लेने लगी। सब चीजें देकर मुझसे न रहा गया। मैंने पूछ ही लिया, "यह सावित्री, चम्पा, वेदपाल—ये सब कौन हैं? कहाँ हैं?"

उसने एकटक मेरे मुँह की तरफ देखा, और फिर विचित्र और अनूठे ढंग से बोली, जैसे वह मुझसे नहीं, बल्कि अपने-आपसे बातें कर रही हो, "मेरे सात बच्चे थे वीरजी! पाँच को तो मैं खा चुकी हूँ, मगर इस सबसे छोटे को तो मैं आँच नहीं आने दूँगी। मैं बर्तन माँज लूँगी, मगर इसे छाती से लगाए रखूँगी।"

यह सब कहती-कहती वह सीट की ओर लौट गई और बड़ी देर तक अपने बेटे का मुँह चूमती रही। मेरी आँखें, जो गाड़ी के आने पर, उसकी बीमार बेटी को खोज रही थीं, अब उस औरत के चेहरे को देखने लगीं। थोड़ी देर बाद आँखें पोंछती हुई वह वापस आई और उसी स्वागत अन्दाज से, अत्यन्त व्याकुल स्वर में बोली, "ओह, इसकी भी साँस फूलती है। मैं कहाँ जाऊँ? हे मेरे परमात्मा!"

मगर उसी समय गाड़ी ने सीटी दी और वह औरत, अकेली एक शहर से दूसरे शहर की ओर चल दी।

समाधि भाई रामसिंह

यह घटना मेरे शहर में घटी। यह घटना और कहीं घट भी न सकती थी। शहरों में शहर है तो मेरा शहर और लोग हैं तो मेरे शहर के लोग, जो अपने तुल्य किसी को समझते ही नहीं। हमारे शहर के बाहर एक गन्दा नाला बहता है—पतला, बूढ़ा, मन्दगति, जिसमें इतना पानी भी नहीं कि उसमें भैंसें बैठकर अपना बदन ठंडा कर सकें, मगर हम उसे दरिया कहते हैं। एक बाग है जिसमें शीशम और सफेदे के पेड़ों के अलावा तीसरी तरह का पेड़ नहीं, और कौओं और चीलों के अलावा कोई परिन्दा नजर नहीं आता, नीचे झाड़-झँखाड़ है, और हर वक्त वहाँ गर्द उड़ती रहती है, वसन्त में भी वहाँ कभी हरियाली देखने को नहीं मिलती; पर शहरवाले उसे चमन कहते हैं, और उसे किसी भी पुष्पवाटिका से अधिक सुन्दर मानते हैं। इस शहर की कोई चीज अपनी नहीं। जो फल आते हैं, तो काबुल से और कपड़ा आता है, तो विलायत से, इसके अपने फल तो खट्टे अलूचे, लसूड़े और गरंडे होते हैं, जिन्हें अब बकरियों ने भी खाना छोड़ दिया है; मगर शहरवाले इसे फलों का घर और कपड़े की मंडी मानते हैं। बस, इस शहरवालों की एक ही चीज अपनी है, उनकी मूँछें, जिनके कोने सदा ऊपर को उठे रहते हैं, उनमें कभी खम नहीं आया।

इसलिए यह घटना इसी शहर में ही घट सकती थी।

चूँकि शहर बहुत पुराना नहीं, यहाँ कोई स्मारक या मन्दिर नहीं, मगर किसी शहरवाले से कहकर तो देखो, वह आपको इस नजर से देखेगा, जैसे वह किसी गुफावासी को देख रहा हो, और फिर पूछेगा—तुमने भाई रामसिंह की समाधि देखी है?

और इसके बाद समाधि की तारीफ में और भाई रामसिंह की तारीफ में एक कसीदा कह डालेगा। अब भाई रामसिंह कोई गुरु नहीं हुए, उनका इतिहास में कहीं नाम नहीं मिलता, शहर के बाहर इस बेचारे को कोई जानता तक नहीं, मगर यहाँ उसे और उसकी समाधि को शहर का बच्चा-बच्चा जानता है; और यदि

देश-भर का बच्चा-बच्चा नहीं जानता, तो इसमें देशवालों का दोष है, शहरवालों का नहीं।

जो घटना मैं आपको बतलाने जा रहा हूँ, वह इसी समाधि से सम्बन्ध रखती है।

यों हमारा शहर छोटा-सा है जिसमें एक बाजार लम्बा-सा कपड़ेवालों का, एक बाजार नानबाइयों का, एक सब्जीमंडी, एक अनाजमंडी, अनगिनत गलियाँ और दर्जन के लगभग मुहल्ले हैं। शहर के बीच में एक ऊँचा-सा टीला है, जिस पर एक मन्दिर है और जिसके चारों तरफ लम्बी-लम्बी सड़कें उतरती हैं, जैसे शिवजी की जटा से एक की बजाय चार नदियाँ बह निकलीं! लोग मस्त हैं। जो काम करते हैं, वे भी, और जो काम नहीं करते, वे भी चौबीस घंटों में एक चक्कर शहर का जरूर काटते हैं, इसलिए गलियों और सड़कों पर रौनक रहती है।

उनकी रौनक में आज से कोई बीस वर्ष पहले एक रोज इसी टीले पर, मन्दिर की बगल में से निकलकर भाई रामसिंह चौराहे पर आन खड़ा हुआ था। गोरा रंग, लम्बी चमचमाती दाढ़ी, कुछ-कुछ काली, कुछ-कुछ सफेद और स्वस्थ, नाटी देह। उस वक्त उसकी अवस्था चालीस-पैंतालीस के लगभग होगी। बगल में सफेद गागर उठाए तन पर सफेद चद्दर और सफेद अँगोछा पहने वह टीले पर आकर खड़ा हो गया। मगर किसी ने उसकी ओर विशेष ध्यान नहीं दिया। चौराहे के एक तरफ कुछ लड़के खेल रहे थे। भाई रामसिंह धीरे-धीरे उनकी ओर चला गया, और एक लड़के को अपनी ओर बुलाकर बोला, ''लो बेटा, यह पियो।'' और गागर में से कटोरी भरकर लड़के की ओर बढ़ाई।

सब लड़के इकट्ठे हो गए और बड़े कौतूहल से उसकी ओर देखने लगे। फिर एक लड़के ने कटोरी भाई रामसिंह के हाथ में से ले ली और बार-बार इधर-उधर देखने के बाद मुँह को लगाई, और लगाते ही दूसरे क्षण उसे थूक दिया और कटोरी फेंक दी।

''यह चिरायता है, बेटा, इससे फोड़े-फुंसी नहीं होते। लो, थोड़ा-थोड़ा सब पियो।''

मगर किसी ने हाथ न बढ़ाया, जिसने चखा था, वह अब भी थू-थू कर रहा था, और बाकी लड़के खड़े उस पर हँस रहे थे।

आखिर भाई रामसिंह उनसे हटकर एक सड़क से नीचे उतरने लगा। लड़के फिर कौतूहलवश थोड़ी दूर तक उसके पीछे-पीछे गए, फिर लौट आए और अपने खेल में जुट गए।

इसके बाद भाई रामसिंह सड़क उतरने लगा और राह जाते बच्चे, बड़े, सबको चिरायता पीने का निमंत्रण देने लगा, और फिर धीरे-धीरे शहर की गलियों में खो गया।

इस तरह भाई रामसिंह का शहर में उदय हुआ था।

कुछ ही दिनों में भाई रामसिंह को शहर के सब लोग जान गए। जहाँ जाता, स्त्रियाँ अपने खेलते बच्चों को पकड़-पकड़कर उसके सामने ले जातीं और जबरन चिरायता पिलवातीं, क्योंकि चिरायता सचमुच फोड़े-फुंसियों का बेहतरीन इलाज है। जिस गली में वह पहुँचता, बच्चे फौरन छिप जाते और माएँ उनके पीछे-पीछे भागने लगतीं, लोग हँसते और भाई रामसिंह की खिल्ली उड़ाते। लोगों के लिए भाई रामसिंह एक तमाशा बन गया। मगर उसके उत्साह में कोई शिथिलता नहीं आई; बल्कि कुछ ही दिनों बाद उसकी गागर में छोटा-सा नल लग गया, ताकि चिरायता उँडेलने में आसानी हो; फिर एक कटोरी की बजाय तीन कटोरियाँ आ गईं, ताकि तीन आदमी एक साथ पी सकें; फिर भाई रामसिंह के कन्धे से एक बिगुल भी लटकने लगा। जिस मुहल्ले में जाता, पहले बिगुल बजाकर अपने आगमन की सूचना दे देता।

लोग तरह-तरह के अनुमान लगाने लगे। कोई कहता कि साथवाले कस्बे से आया है, वहाँ उसकी कपड़े की दुकान है। कोई कहता, जासूस है, किसी हत्यारे की खोज में आया है। मेरे शहरवाले अनुमान लगाते हैं तो छाती ठोंककर। किसी ने कहा—इसके पास चालीस हजार रुपये नकद हैं, मैंने खुद देखा है।—लड़के कहते कि श्मशानभूमि में रहता है और रात के वक्त भी शहर के चक्कर काटता, भूतों को चिरायता पिलाता है। तरह-तरह की बातें उठीं, पर धीरे-धीरे शान्त हो गईं। भाई रामसिंह बहुत बोलता न था। उससे जो कोई पूछता, तो कहता, 'गुरु महाराज के चरणों में रहता हूँ, उन्हीं का दास हूँ।'

जब चैत-बैसाख गुजर गए, तो भाई रामसिंह गागर में ठंडा पानी पिलाने लगा। जब मन की मौज आती, तो किसी-किसी दिन पानी की जगह सन्दल का शरबत पिलाने लगता। हमारे शहर का सन्दल का शरबत दुनिया-भर में मशहूर है। और जाड़े के दिनों में कभी-कभी इलायचियोंवाली चाय भी लोगों को मिलती। गरज कि भाई रामसिंह का चक्कर ज्यों-का-त्यों कायम रहा और शहर में चिरायतेवाला साधु के नाम से वह मशहूर हो गया।

इसी नि:स्वार्थ सेवा में दस वर्ष बीत गए। अब जिस साधु का अपना कोई स्थान हो, अपना अड्डा हो, वह साधु से सन्त जल्दी बन जाता है; मगर जो सदा घूमता रहे, उसकी चर्चा चाहे जितनी भी हो, वह भाई का भाई ही रहता है। भाई रामसिंह के साथ भी यही कुछ हुआ। इन दस वर्षों में भाईजी की दाढ़ी के बाल रेशम की तरह सफेद हो गए, चेहरे पर झुर्रियाँ आ गईं, हालाँकि चेहरे की रौनक ज्यों-की-त्यों कायम रही, क्योंकि जो भी आदमी गागर उठाए तीन-चार मील का चक्कर रोज काटे, उसके चेहरे पर तो लाली रहेगी ही। मगर अब भी भाई रामसिंह चिरायतेवाला साधु ही रहा। अब भी गलियों में से घूमता हुआ जाता, तो वहीं लोगों को नमस्कार करता, उसे नमस्कार करने के लिए कोई अपनी जगह से न उठता। बात भी ठीक थी, भला चिरायता पिलाने से भी कभी कोई सन्त हुआ है!

एक दिन न मालूम भाई रामसिंह को वैराग्य हुआ, या भ्रम हुआ, या उसने कोई स्वप्न देखा, या सचमुच ही उसे आकाशवाणी हुई, सुबह-सवेरे टीले पर आकर कहने लगा, ''भक्तो! रात को गुरु महाराज का परवाना आ गया है, मैं जा रहा हूँ। कल सुबह दिन चढ़ते-चढ़ते मैं चोला बदल जाऊँगा।''

यह बात उसने टीले पर बुद्धसिंह बजाज की दुकान के सामने कही, जहाँ वह दिन में पहली बार बिगुल बजाता था। आज भी उसकी बगल में गागर थी। बुद्धसिंह बजाज ने सुना, पर कोई विशेष ध्यान न दिया; मगर उसके छोटे भाई ने, जो नामधारी सिख हो गया था, सुन लिया। कहने लगा, ''सुना, भाई रामसिंह ने क्या कहा? —वह चोला बदलने जा रहे हैं।''

सरदार बुद्धसिंह ने जवाब दिया, ''मैंने सुन लिया है, तू समझता है, मैंने सुना नहीं? चोला बदलता है तो बदले, मुझे उसके मुँह में आग थोड़ी देनी है! तेरे बेटे चिरायता पीते रहे हैं, तू उसके पाँव पकड़!''

इस पर दोनों भाई हँसकर चुप हो गए।

मगर दुकान पर बैठी हुई दो स्त्रियों के कान में यह बात पड़ गई। पहले वे भी हँसीं, मगर जब कपड़ा लेकर लौटती हुई वे सेवाराम की गली में से गुजरीं और गली के मोड़ पर भाई रामसिंह को खड़े चिरायता पिलाते हुए देखा, तो उनके दिल को कुछ हो गया। एक ने दुपट्टे का आँचल मुँह पर रखते हुए कहा, ''हाय, बेचारा! चोला छोड़ता है, और आज भी चिरायता पिला रहा है!''

बस, फिर क्या था! खबर के फैलने में देर नहीं लगी। सेवाराम की गली से बात नए मुहल्ले में पहुँची, वहाँ से छाछी मुहल्ले में, फिर लुंडा बाजार, भाभड़खाना, सैदपुरी दरवाजा। एक गली से दूसरी गली तक पहुँचते हुए उसकी रफ्तार तेज होती गई, यहाँ तक कि थोड़ी ही देर में यह खबर एक बवंडर की तरह शहर की गलियों और सड़कों पर घूमने लगी, कि चिरायतावाला भाई रामसिंह कल सुबह चार बजे, पौ फटते ही चोला छोड़ देगा।

अब भाई रामसिंह की गागर नियमानुकूल लुंडा बाजार के सिरे पर पहुँचकर खत्म हो गई, और वहीं से उसने कदम फेर लिये और शहर के बाहर जहाँ एक पेड़ों का झुरमुट है, जिसे हम तपोवन कहते हैं, एक पेड़ के नीचे आ बैठा।

तपोवन शहर के बाहर कीकर और पलाश के पेड़ों का झुरमुट है, जहाँ एक पुराना कुआँ है, जिस पर लोग सुबह दातुन करने और नहाने जाते हैं। वहाँ रहता कोई नहीं, केवल कभी-कभी आए-गए सन्तों की कथा होती है।

दोपहर तक तो तपोवन में शान्ति रही, मगर ज्योंही दो बजे का वक्त हुआ और स्त्रियों ने चौके उठाए, तो कई भक्तिनियाँ हरिनाम जपती हुई दिल में हाय-हाय करती, भाई रामसिंह को खोजती वहाँ आ पहुँचीं। चार बजते-बजते स्त्रियों की भीड़ लग गई। पुरुषों ने सुना, तो हँसे, मगर धीरे-धीरे उनका धैर्य भी टूटने लगा। क्या

मालूम, यह भी कोई पहुँचा हुआ सन्त हो! दर्शन करने में क्या हर्ज है? कुछ तमाशे के खयाल से बच्चे, बूढ़े, जवान, सब वहाँ पहुँचने लगे। आखिर शहर तो वही था, जो जाएँ तो सब जाएँ, और जो सब जाएँ, तो घर में बैठना हराम है!

जो भाई रामसिंह अभी तक भाई रामसिंह ही था, तो दोपहर तक वह सन्त बन गया, और शाम होते-होते सन्त महाराज की उपाधि भी उसे मिल गई। कई मुरादें बिना माँग पूरी हो जाती हैं। जिसे दस वर्ष तक किसी ने न पूछा था, आज उसी के दर्शन को हजारों लोग एड़ियाँ उठा-उठाकर झाँक रहे थे। पेड़ के नीचे आसन बिछा दिया गया। फिर कहीं से चौकी आ गई। दर्शनों के लिए सन्त महाराज का ऊँचा बैठना जरूरी था। एक भक्त चँवर झलने लगा। फूलों के ढेर लगने लगे। कहीं से गैस का लैम्प आ गया, फिर दो लैम्प और आ गए। स्त्रियों की भक्ति का कोई अन्त न था। पैसे, आटा, घी निछावर होने लगे। भाई रामसिंह को भी इसी के अनुसार आँखें बन्द किए हुए ध्यानमग्न होकर बैठना पड़ा। फिर कहीं से बाजे, तबले वगैरह आ गए। कीर्तन होने लगा। लोग झुक-झुककर भाई रामसिंह की दिव्य मूर्ति को प्रणाम करने लगे।

बात मुसलमानों के मुहल्लों में भी जा पहुँची। सन्त-पीर सबके साझे होते हैं। मुसलमान भी आ पहुँचे। वाह, वाह! क्या जमाल है! स्त्रियाँ घरों को लौटतीं, मगर घरों में उनके पाँव कब टिकते थे? जो दाल-रोटी बन पाती, बनाकर फिर दौड़ी वहाँ जा पहुँचतीं।

रात के बारह बज गए। उत्तेजना बढ़ने लगी। एक कोमल हृदय की बूढ़ी औरत ने हाथ बाँधकर भाईजी से विनती की कि महाराज! दया करो, चोला न बदलो! महाराज ने सुना, मुस्कुराए, और चुपचाप आँखें आकाश की ओर करके फिर ध्यानमग्न हो गए। सारे शहर का दिल धक्-धक् कर रहा था। उत्कंठित और उत्तेजित लोग इसी इन्तजार में थे कि कब चार बजे और वह चोला बदलने का चमत्कार देखें!

रात गहरी होने लगी। लोग घड़ियाँ देखने लगे। उस रात शहर-भर में कोई नहीं सो पाया। गलियाँ सुनसान पड़ गईं। उनमें कोई आवाज आती, तो दौड़ते कदमों की। एक दरवाजा खटकता, एक आवाज आती—'दो बजे हैं, बस, अब दो घंटे बाकी रह गए। तू बैठ, मैं अभी आता हूँ। तू जाएगी, तो बच्चों को कौन देखेगा? मैं लौट आऊँ, तो तू चली जाना।' रात-भर यही किस्सा होता रहा। जब मर्द के कदम दूर निकल जाते, तो औरत के कदमों की आवाज आने लगती।

तीन बज गए, फिर साढ़े तीन। कीर्तन में अब हजारों स्त्री-पुरुष भाग ले रहे थे। ऊँचे कंठ से गुरु-वाणी गाई जा रही थी। पेड़ों पर बैठे हुए पंछी भी पत्तों में से झाँक-झाँककर यह दिव्य चमत्कार देख रहे थे।

पौने चार बजते-बजते जय-जयकार हो उठी। महाराज ने आँखें खोलीं। स्त्रियों ने रो-रोकर एक-दूसरी को कहा, "वक्त आन पहुँचा। देखो, इन्हें अपने-आप पता चल गया है!"

अँधेरा अभी बहुत गहरा था। मगर लोग अपनी-अपनी घड़ियों पर एक-एक मिनट ऊँची आवाज में गिन रहे थे। हमारे शहर में चार बजे का वक्त पौ फटने का वक्त माना जाता है।

चार बजने में पाँच मिनट पर गुरु महाराज वेदी पर से उठ खड़े हुए और हाथ जोड़े, सिर नवाए, नीचे आकर ऐन वेदी के सामने लम्बे लेट गए, और छाती पर दोनों हाथ जोड़कर आँखें बन्द कर लीं। श्रद्धा और भक्ति के बाँध टूट पड़े, औरतें सिसकियाँ ले-लेकर रो उठीं, और महाराज पर फिर से पुष्प-वर्षा होने लगी।

चार बजने में एक मिनट पर एकदम सन्नाटा छा गया। चारों तरफ चुप्पी छा गई। हरिनाम की ध्वनि बिलकुल शान्त हो गई। स्त्रियों के आँसू सूख गए और आँखें भाई रामसिंह के चेहरे पर गईं। सब लोग साँस रोक एकटक गुरु-महाराज की ओर देख रहे थे।

ठीक चार बजे महाराज ने आँखें बन्द कर लीं और हिलना-डुलना छोड़ दिया।

लोग चुपचाप आँखें फाड़े देखते रह गए। दो-एक ने हाथ आकाश की ओर उठाकर, रोने की आवाज में कहा, ''गए! हमें छोड़कर चले गए!''

फिर शहर के एक मुखिया ने धीरे से पास आकर कुछ फूल हटाते हुए, महाराज की नब्ज देती। सिर हिलाकर बोले, ''धीमी है, मगर चल रही है।''

लोग चुप थे। उनकी आँखें अब भी साधु महाराज के चेहरे को देख रही थीं।

चार बजकर तीन मिनट पर फिर मुखिया ने नब्ज देखी, फिर सिर हिलाया और आहिस्ता से कहा, ''धीमी है, मगर चल रही है।''

दूसरा मुखिया बोला, ''संसारी घड़ियों का क्या विश्वास? जब ऊपर चार बजेंगे, तो चोला अपने-आप छूट जाएगा।''

चार बजकर पाँच मिनट हो गए। नब्ज अब भी चल रही थी। मुखिया ने झुककर कान में महाराज से पूछा, ''महाराज, कैसे हैं?''

जवाब धीमा-सा आया, ''मैं इन्तजार में हूँ। मैंने अपनी तरफ से चोला छोड़ दिया है।''

लोग एक-एक सेकंड गिन रहे थे। चार बजकर सात मिनट पर फिर मुखिया ने नब्ज पकड़ी, और मिनट-भर पकड़कर बैठे रहे। उन्होंने अब की तनिक ऊँची आवाज में कहा, ''नब्ज ज्यों-की-त्यों चल रही है।''

लोग एक-दूसरे के मुँह की तरफ देखने लगे। सिर हिलाने लगे। चेहरों पर संशय की रेखाएँ नजर आने लगीं। फिर दूसरे मुखिया ने खड़े-खड़े कहा, ''साधु महाराज, क्या देरी है?''

महाराज ने आँखें बन्द किए हुए उत्तर दिया, ''ऊपर से परवाना आए, तब तो!''

जो श्रद्धा और भक्ति पहले मौन प्रतीक्षा में परिणत हुई थी, अब अविश्वास और क्रोध में बदलने लगी। लोग समझने लगे, जैसे उनके साथ खिलवाड़ हुआ है, उनका अपमान किया गया है।

ऐन सवा चार बजे जब मुखिया ने चिल्लाकर पूछा कि अब क्या देरी है, हम खड़े-खड़े थक गए हैं, तो भाई रामसिंह हाथ जोड़कर उठ बैठे, ''भगवान मुझे रुला रहे हैं, मैं क्या करूँ? मैं हर क्षण इन्तजार कर रहा हूँ।''

पर इस वाक्य का उल्टा असर हुआ। औरतें भी बोलने लगीं, ''हैं! देखो, यह तमाशा देखो, पाखंडी!''

दो-एक सज्जन जो रात-भर चमत्कार के इन्तजार में जागते रहे थे, और स्त्रियों से लड़कर आए थे, आगे बढ़ गए, ''साले! जानता नहीं, यह कौन शहर है?''

महाराज डरकर उठ बैठे और हाथ जोड़े हुए चौकी के पास जा खड़े हुए। बोले, ''दिन चढ़ने से पहले मैं चोला छोड़ जाऊँगा। भक्तो! मुझे यही परवाना मिला है, आप घरों को जाओ!''

''अब दिन कब चढ़ेगा? चार तो कब के बज गए!'' लोगों ने चिल्लाकर कहा।

''भाइयो! आप घर पर लौट जाओ। मैंने यहाँ किसी को नहीं बुलाया। आप लोग जाओ...सूरज चढ़ने से पहले...''

मगर लोगों की आँखों में खून उतर आया। देखते-ही-देखते लोगों की बाढ़ आगे बढ़ गई। लोग मुक्के कसने लगे। शहर के पाँच-सात शोहदे और मुस्टंडे सामने आ गए।

भाई रामसिंह डरकर चौकी के पास से हट गया और एक पेड़ के नीचे जा खड़ा हुआ।

बस, उसका वहाँ से हिलना था, कि धक्का-मुक्की शुरू हो गई। भाई रामसिंह को घूँसे पर घूँसे पड़ने लगे। जिसे जो हाथ लगा, उसी से मरम्मत करने लगा।

भाई रामसिंह की भागती काया कभी एक पेड़ के पीछे और कभी दूसरे पेड़ के पीछे आश्रय ढूँढ़ने लगी। मगर जहाँ वह जाता, भक्त वहीं जा पहुँचते। भला भक्तों से भी कभी कोई भाग सका है? पहले घूँसे और मुक्के पड़ते रहे, जब भाग खड़ा हुआ, तो पत्थर और जूते पड़ने लगे। भाई रामसिंह बार-बार चिल्लाया, ''भाइयो! मैंने किसी का कुछ नहीं बिगाड़ा। मुझे मत मारो! मैंने तुम्हारी सेवा की है...''

मगर भक्तों की भावना में कोई शिथिलता नहीं आई। हाँ, कुछ एक ने छुड़ाने की कोशिश की, मगर पत्थरों के डर से वे भी पीछे हट गए।

फिर सचमुच एक चमत्कार हुआ, जिसकी चर्चा आज भी हमारे शहर के लोग बड़े गर्व से करते हैं।

ऐन सूरज चढ़ते-चढ़ते भाई रामसिंह ने चोला बदल दिया और उसके प्राण-पखेरू उड़कर भगवान के पास जा पहुँचे। हाँ, केवल उसकी देह, कीचड़ और

मिट्टी तथा खून से लथपथ हो गई थीं, और उसके इर्द-गिर्द जूतों और पत्थरों का ढेर लग गया था।

मगर वह तो आखिर विसर्जित चोला था, उसे मिट्टी में मिलना ही था।

इस चमत्कार का आभास होने में देर नहीं लगी। जब दिन चढ़ गया और रात का भ्रम दूर हुआ और भाई रामसिंह की देह एक स्पष्ट सत्य की तरह सामने नजर आने लगी, तो एक ने कहा, ''ठीक ही तो कहता था। सूरज चढ़ने से पहले मर गया न? (मर ही तो गया)।''

फिर दूसरे ने कहा, ''भला पत्थर मारने की क्या जरूरत थी? मर तो उसे यों भी जाना था। हम लोगों में धैर्य नहीं।''

बस, फिर क्या था, स्त्रियों ने अपने दुपट्टे गले में डाल लिए। आँसू बहने लगे। भक्त फिर इकट्ठे होने शुरू हो गए। जूते-पत्थर हटा दिये गए और पुष्प-वर्षा होने लगी, और भाई रामसिंह का विसर्जित चोला फूलों के नीचे फिर दबने लगा। और भाई रामसिंह की अरथी ऐसी सजधज से निकली कि शहरवाले खुद अपनी श्रद्धा पर अश-अश करने लगे।

और भाई रामसिंह की समाधि तपोवन के पास ऐन उसी जगह पर बनाई गई, जहाँ पर आसन पर बैठे थे। ऐसी सफेद, सुन्दर चमकती इमारत है कि रात को दूर से नजर आती है। और उस पर एक गोल गुम्बज भी है, सन्तजी की गागर वहाँ स्थापित है, और सफेद नया बाना भी और एक जोड़ा खड़ाऊँओं का भी, जो किसी भक्त ने अपने पैसों से नया खरीदकर वहाँ रख दिया था। और हमारे देश के बच्चे-बूढ़े सच्चे दिल से मानते हैं कि कोई औलिया इस कलियुग में हुआ है, तो सन्त रामसिंह, जिसे भगवान ने एक दिन दर्शन देकर सीधे अपने पास बुला लिया था।

बाप-बेटा

एक फौजी बारक की दीवार के बाहर एक अधेड़ उम्र का आदमी खड़ा झरोखों में से बार-बार अन्दर झाँक रहा था। उसके दोनों हाथ घबराहट में कभी दीवार को पकड़ते, कभी एक-दूसरे में बँध जाते, कभी उसकी मुट्ठियाँ खुलतीं, कभी बन्द होतीं। सिर पर एक मैली-सी टोपी पहने, बदन पर घुटनों तक लम्बा खाकी कोट लटकाए, और एक जगह-जगह पैबन्द लगा पाजामा पहने, वह बार-बार अन्दर देखे जा रहा था और उसकी उत्कंठा क्षण-प्रतिक्षण अधीर हो रही थी।

दीवार के पीछे बारक के मैदान में दस-बारह नववयस्क लड़कों की एक पाँत खड़ी थी, सबके बदन नंगे, केवल एक जाँघिया पहने हुए, और उनके सामने दो फौजी अफसर खड़े उनकी परीक्षा ले रहे थे। एक अफसर के हाथ में एक छोटा-सा बेंत था, और दूसरे के हाथ में एक लम्बी-सी किताब, जिसमें वह बार-बार कुछ लिख रहा था।

ढलती दोपहरी के साए लम्बे पड़ चुके थे, और मैदान के आधे भाग पर छाँह आ चुकी थी। दीवार के बाहर बड़े गेट के पास जहाँ यह आदमी खड़ा था एक वृहदाकार फौजी सिपाही की तस्वीर थी जो हाथ में बन्दूक उठाए, छाती ताने खड़ा था, और जिसके नीचे लिखा था : देश की सेवा के लिए देश की फौज में भर्ती हो जाओ।

दीवार के बाहर जगह-जगह इक्के-दुक्के लोग किसी-किसी वक्त जाकर रुकते, पल-घड़ी तमाशा देखते, बीड़ी-सिगरेट के दो-एक कश लगाते और अपनी राह चले जाते। केवल यही व्यक्ति बड़ी देर से रुका हुआ था।

इतने में एक बूढ़ा आदमी, जो गेट के पास किसी वक्त आ खड़ा हुआ था, चलता हुआ इस आदमी के पास आया, और थोड़ी देर तक अन्दर झाँकते रहने के बाद बोला, ''बेटा को लाए हो?''

आदमी ने मुड़कर देखा, और फिर मुँह फेरते हुए बोला, ''हाँ।''

''कौन-सा लड़का है तेरा?''

"वह जो नुक्कड़ में खड़ा है।"

"जीता रहे, बड़ा खूबसूरत लड़का है। किस गाँव से आए हो?"

"नूरपूर से।"

"कितने बेटे हैं तेरे?"

"एक यही बेटा है। तुम भी भर्ती करवाने आए हो।"

"नहीं, मैं पिंशन के पैसे लेने आया हूँ। उसका दफ्तर इधर पीछे है।"

"पिंशन? क्या तुम फौज में थे?"

"नहीं, मेरा बेटा फौज में था।"

"अब फौज में नहीं?"

बूढ़े ने धीरे से जवाब दिया, "नहीं।"

दोनों फिर अन्दर झाँकने लगे।

कुछ देर बाद दोनों अफसर उस नुक्कड़वाले लड़के के सामने आ खड़े हुए और उसका इम्तहान लेने लगे। लड़का सचमुच खूबसूरत था। गोरा चिट्टा बदन, मांसल गुदगुदे पट्ठे, बाजरे के सिट्टे की तरह बढ़ता कद, सारे शरीर पर लड़कपन की चिकनाहट और कान्ति, वह विस्मित और आदरपूर्ण नेत्रों से फौजी अफसरों को देखे जा रहा था।

एक फौजी अफसर ने बैंत से लड़के के घुटनों को ठकोरा।

लड़के ने दोनों पाँव जोड़ लिये, छाती फैला ली, और गर्दन ऊँची करके खड़ा हो गया।

फिर अफसर ने बैंत को बगल में दबा लिया और अपने दोनों हाथों से उसका शरीर टटोलने लगा, कभी छाती थपथपाता, कभी उसके पट्ठों को दबा-दबाकर देखता, कभी उसके कन्धों को हिलाता-डुलाता।

बाहर खड़े बाप की टाँगें लड़खड़ा रही थीं। उसके हाथ कभी खुलते, कभी बन्द होते, मानो वह भी बेटे के मुलायम चिकने शरीर का स्पर्श कर रहा हो।

थोड़ी देर बाद परीक्षा समाप्त हुई, और सब लड़के एक ढेरी पर से अपने-अपने कपड़े उठा बारक के पीछे चले गए। जाने से पहले नुक्कड़वाला लड़का बार-बार दीवार की ओर देखता रहा, उसकी आँखें अपने बाप को ढूँढ़ती हुई दीवार का चक्कर काटने लगीं, मगर बाप को न पाकर फिर कपड़ों की ओर लौट गई। छिद्रों में से देखते हुए बाप का गला रुँध गया, और वह दीवार पर से हटकर जमीन पर बैठ गया।

शाम हो चुकी थी। सड़क के पास एक विशालकाय वृक्ष पर परिन्दे लौटने लगे थे, और छावनी पर सायंकाल की निस्तब्धता छाने लगी थी। केवल किसी-किसी वक्त कहीं से फौजी बिगुल की आवाज आ जाती। बाप, बेटे के इन्तजार में एक-एक पल गिनने लगा।

सूर्य छिप चुका था और अँधेरा गहरा होने लगा था। जब दीवार के पीछे से फिर आवाजें आने लगीं, और लड़के बाहर निकलने लगे तो बाप दौड़कर गेट के पास जा पहुँचा। ज्यों ही उसका बेटा सामने आया बाप ने आगे बढ़कर उसका हाथ थाम लिया और तेजी से पेड़ के नीचे ले गया।

"क्या हुआ रसिए, क्या हुआ?"

"सबको ले लिया है।" बेटे ने थकी हुई आवाज में जवाब दिया।

"तुझे भी ले लिया है?"

"हाँ।"

बाप की सारी घबराहट एक ही वाक्य में जैसे पसीज उठी। उसका गला भर आया, और वह अपने बेटे को बार-बार छाती से लगाने लगा। वह कभी अपने दोनों हाथों से बेटे का मुँह पकड़कर उसे बार-बार देखता, कभी उसे छाती से लगाता, कभी उसकी पीठ पर हाथ फेरता।

बेटा थका हुआ था। उसकी आँखें बोझल और अलसाई हुईं, चेहरा तपे हुए ताँबे की तरह लाल हो रहा था और पसीने से तर था।

दोनों पेड़ के नीचे आ बैठे। जब बाप की उत्तेजना कुछ शान्त हुई तो बोला, "तुमसे क्या पूछा था, रसिए?"

"बहुत सवाल पूछे थे।"

"उम्र का पूछा था?"

"हाँ।"

"तो तूने क्या कहा?" बाप ने घबराकर पूछा।

"मैंने कहा, सत्रह वर्ष दो महीने।"

"फिर? फिर अफसर ने क्या कहा?"

"उसने कुछ नहीं कहा।"

"और क्या पूछा था? यह पूछा था कि जमींदारी क्यों छोड़ते हो?"

"हाँ, मैंने कहा, मुल्क की खिदमत करना चाहता हूँ।"

"और क्या कहा?"

"और कि मेरा ताऊ फौज में रसालदार था।"

"फिर? अफसर ने क्या कहा?"

"कुछ नहीं कहा।"

बेटा मुस्कुराया। बाप ने निश्चिन्तता की ठंडी साँस ली।

धीरे-धीरे बेटे की जबान खुलने लगी। नए अनुभव की उत्तेजना में वह शुरू से आखिर तक की सारी वार्ता सुनाने लगा।

और बाप की आँखों में गहरी ममता और भावुकता छनक आई, बेटे के हाथ को अपने हाथों में लिये वह उसका एक-एक शब्द सुनता रहा और सिर हिलाता

रहा। उसकी नसों का तनाव ढीला पड़ गया, और बेटे को देखते हुए बार-बार उसकी आँखें भर आने लगीं।

"बरदी पहनकर तो तू रोठा जवान नजर आएगा, रसिए!" बाप ने आँसू छिपाने की चेष्टा करते हुए हँसकर कहा। "जब छुट्टी पर आएगा तो तेरी मूँछें होंगी।" बाप ने कहकर मुँह फेर लिया।

"मुझे कब छुट्टी मिलेगी?"

"मैं नहीं जानता। शायद दो बरस के बाद। तब तो तू मुझसे भी लम्बा हो जाएगा।"

इसके बाद बाप सहसा चुप हो गया और उसका चेहरा धीरे-धीरे गम्भीर होने लगा।

अँधेरा बढ़ने लगा था। जिस पेड़ के नीचे वह बैठे थे, उस पर असंख्य पक्षी लौट रहे थे। शाखों पर परों के फड़फड़ाने, पक्षियों के चहकने और फुदकने-कूदने की आवाजें आ रही थीं। पेड़ की विशाल ओट में दिन-भर के बिछुड़े हुए पक्षी अपने परिवारों से मिल-मिलकर सुख से चहक रहे थे।

गहरी, धीमी आवाज में बाप ने कहा, "रसिए!"

"हाँ, बापू।"

"जो तलब मिले, वह सारी की सारी पंडित दुकानवाले को भेज देना।"

"उसे क्यों भेज दूँ, बापू?"

"उसी को भेज देना, समझे?"

"अच्छा बापू।"

बाप का चेहरा फिर चिन्तित और कठोर हो उठा, माथे पर की नसें फिर उभर आईं। भर्राई हुई आवाज में बोला, "जो नहीं भेजी तो बहुत नुकसान होगा। जमीन कुर्क हो जाएगी।"

"कुर्क हो जाएगी?"

बेटा हैरान हुआ, पर इस वाक्य का पूरा अर्थ न समझकर फिर चुप हो गया। और सिर हिलाकर बोला, "हाँ, बापू।"

"बस, सिर्फ छह महीने की मोहलत बाकी है। अगर उसे वक्त में पैसे नहीं मिले तो जमीन छिन जाएगी।"

बेटा उद्भ्रान्त नजरों से बाप के मुँह की ओर देखने लगा।

"डाकवाले बाबू को पता बतला देना। वह चार-छह आने पैसे लेकर हर महीने तेरा काम कर देगा। पंडित का नाम-पता मालूम है?"

"हाँ, बापू। सियाराम—पंडित सियाराम, मौजा नूरपुर, थाना नूरपुर, जिला काँगड़ा।"

इस विस्तारपूर्ण पते पर बाप के चेहरे पर एक गर्व की क्षीण-सी रेखा दौड़ गई।

फिर दोनों चुप हो गए।

बेटा बाप के चेहरे की ओर देखता रहा, जैसे कोई बात बार-बार उसके मुँह को आती हो और उसे कह न सकता हो।

आखिर बाप ने पूछा, ''क्या है रसिए?''

''बापू?''

''क्या बेटा?''

''माँ खफा तो नहीं होगी?''

''नहीं, क्यों?''

''जब मैं आया तो वह बहुत रोती थी। माँ कहती थी, मेरी उम्र सोलह साल की है। तुम बोलते हो, सत्रह वर्ष दो महीने की है।''

इस प्रश्न पर बाप की देह फिर काँप उठी, मगर वह जल्दी से सँभल गया। अँधेरे में बैठे हुए बाप और बेटा एक-दूसरे के चेहरे की ओर देखते हुए, एक दूसरे के विचार पढ़ने की चेष्टा करने लगे, फिर बाप ने बेटे के कन्धे पर हाथ रखते हुए कहा, ''माँ गलत कहती है। तेरी उम्र सत्रह वर्ष दो महीने की है। सावन महीने में तू पैदा हुआ था। पुरोहित की पत्री में भी यही लिखा है।''

बेटा चुपचाप बाप के मुँह की ओर देखता रहा।

''फौज में किसी को सोलह वर्ष नहीं कहना, नहीं तो फौज में से निकाल देंगे। बड़ा अनर्थ हो जाएगा।''

''नहीं बापू, नहीं कहूँगा।''

छावनी में जगह-जगह बत्तियाँ जल उठी थीं, और अँधेरा गहरा हो रहा था। सड़कें सुनसान पड़ गई थीं। केवल भर्ती के दफ्तर के सामने, दीवार से थोड़ा हटकर, एक सिपाही कन्धे पर बन्दूक उठाए, इधर से उधर और उधर से इधर पहरा दे रहा था। इतने में कहीं से बिगुल बजने की आवाज आई। लड़का झट से उठ बैठा।

''यह सात बजे की बिगुल है। अब मैं जाऊँगा।''

''कहाँ जाएगा रसिए?'' बाप ने शिथिल टूटती हुई आवाज में पूछा।

''इसी बारक के पीछे। वहाँ पर हाजरी होगी। कल मुझे मेरी छावनी में भेजेंगे।''

दोनों बाप-बेटा उठ खड़े हुए।

बेटे ने बाप के पाँव छुए, बाप ने बेटे को छाती से लगाया। फिर बेटे के कन्धे पर हाथ रख के बोला, ''फौज में सबके साथ भाई-भाई की तरह रहना। सच बोलना, सच सदाकत को नहीं छोड़ना, सुना रसिए? और अफसर का हुक्म मानना। जो कहे, सो करना। और रसिए...पंडित को पैसे हर महीने भेजते रहना, भूलना नहीं।''

''नहीं भूलूँगा, बापू!''

बेटे ने फिर पालागन किया, और मुड़कर बारक की ओर जाने लगा, और देखते ही देखते उसका छरहरा चंचल शरीर अँधेरे में ओझल हो गया।

भर्ती के दफ्तर पर मौन नि:स्तब्धता छाई हुई थी। केवल वृक्ष पर परिन्दे अब भी पुनर्मिलन के गीत गा रहे थे।

गेट के पास सिपाही की तस्वीर अपनी धुँधली रेखा में बन्दूक थामे, छाती ताने, अब भी देश-सेवा का निमंत्रण दे रही थी। और बारक के बाहर सिपाही बन्दूक कन्धे पर उठाए यंत्र की भाँति अब भी पहरा दिये जा रहा था।

काँटे की चुभन

हफ्ते में छह दिन वे गहरे दोस्त थे पर सातवें दिन दुश्मन। सोमवार से शनिवार तक वह इकट्ठे प्रातः घूमने जाते, इकट्ठे ही अक्सर शाम को चाय पीते, एक-दूसरे के सुख-दुख में शरीक होते, पर ज्योंही इतवार का सूरज चढ़ता तो दोनों की आँखें फिर जातीं। बाबू अनन्तराम गायत्री का जाप करते हुए आर्यसमाज मन्दिर की ओर चल देते, और गिरिधरप्रसाद माथे पर तिलक लगाए, रामनाम का दुपट्टा ओढ़े, शिवमन्दिर की ओर निकल पड़ते। एक आर्यसमाजी था और दूसरा सनातनधर्मी, और दोनों विश्वास के पक्के, कट्टर धर्मानुयायी थे।

आर्यसमाज में मूर्तिपूजा का खंडन होता तो बाबू अनन्तराम बढ़-चढ़कर उसमें भाग लेते। और जो मन्दिर में अछूतोद्धार का खंडन होता तो बाबू गिरिधर बाँहें फैला-फैलाकर भाषण देते। एक गंगा-स्नान करता, एकादशी का उपवास करता, दूसरा ऋषि-जीवन पर व्याख्यान देता, चन्दा उगाहता, हवन यज्ञ करता—और दोनों हर इतवार को एक-दूसरे के मत की निन्दा करते।

इसी तरह इस मित्रता और शत्रुता के बीस वर्ष बीत गए थे। इन बीस वर्षों में बहुत कुछ बदला। बाबू अनन्तराम का मकान दोमंजिले से तिमंजिला हो गया, और बाबू गिरिधर का एकमंजिले से दोमंजिला; एक के वेदानुकूल सात बच्चे हुए और दूसरे के शास्त्रानुकूल नौ। पर धर्म दोनों का वही रहा, इसका तनाव तनिक भी ढीला न हो पाया। अब भी दोनों एक-दूसरे के साथ शास्त्रार्थ करते, एक-दूसरे को अपने-अपने मत की ओर खींचने का प्रयास करते, मगर सब बेसूद। भला धर्म भी कभी बदला है!

पर यहाँ पहुँचकर एक का पाँव अचानक फिसल गया, और हजार सँभालने पर न सँभल पाया, और अपनी धार्मिक मर्यादा से लुढ़कने लगा। बात मामूली थी—न फिसलता तो शायद न ही फिसलता। मगर कहते हैं कि भाग्य बड़ा बली है। जो बात मनुष्य नहीं कर सकता, वह भाग्य कर दिखाता है।

बाबू अनन्तराम की एक लड़की थी, और बाबू गिरिधर के एक लड़का, दोनों साथ खेलते बड़े हुए थे, ताऊ चाचा की औलाद की तरह। पर ज्योंही इन्होंने होश

सँभाला, तो इनकी आँखें धर्म की दीवारें पार करने लगीं, और यह एक-दूसरे से लुक-छिपकर मिलने लगे।

बात छिपी रहती तो न मालूम क्या गुल खिलाती, मगर लड़का अधीर हो उठा, और एक दिन अपनी माँ को सारी हृदयवार्ता कह सुनाई।

माँ ने सुनी, कुछ हँसी, कुछ घबराई। पर अन्त में बेटे की आँखों में आँसू देखे तो उसे छाती से लगा लिया, और उसकी मनोकामना पूरी करने का वचन दे दिया। अब कार्य सिद्ध होने में देर नहीं लगी। दूसरे दिन ही सीधे बेटीवालों के घर पहुँची, और लड़की के सिर पर हाथ रखकर बोली, "अब यह लड़की मेरी हो गई। अब यह मेरे घर की लक्ष्मी बनेगी।"

बेटी की माँ ने सुना तो उसकी बाछें खिल गईं। घर बैठे-बिठाए लड़का मिल गया, जाना-पहचाना परिवार, 'वह भी खत्री, हम भी खत्री', और जो स्वयं लड़की पर हाथ रखा है तो माँगेंगे भी थोड़ा। भागी हुई बाबू अनन्तराम के पास पहुँची।

बाबूजी ने सुना तो उनका दिल भी गुदगुदाया। हाँ, धर्म जरूर अलग-अलग हैं पर हैं तो हिन्दू। वह भी बाबू गिरिधर के गले मिल आए। दोनों घरों में विवाह की तैयारियाँ होने लगीं।

शादी में दो दिन बाकी थे। बाबू अनन्तराम घर के सहन में बैठे हलवाइयों से मिठाई तुलवा रहे थे, और उनकी पत्नी पास बैठी बेटी के दहेज में आखिरी मोती टाँक रही थी।

बाबू गिरिधर के घर का पुरोहित दहलीज पर आ खड़ा हुआ और हाथ बाँधकर बोला, "श्रीमान ने सूचना दी है कि विवाह-संस्कार सनातन रीति से होगा। तारा डूबने से पहले दो बजे का मंगल समय निश्चित हुआ है। कृपा करके अपने सम्बन्धियों को समय पर बतला दें।"

बाबू अनन्तराम तन्द्रा से जागे।

"क्या कहा, पुरोहितजी?"

पुरोहितजी ने फिर हाथ बाँधकर अपना वाक्य दोहरा दिया कि शुभ विवाह तारा डूबने से पहले सनातन रीति से होगा।

"यह कैसे हो सकता है? विवाह वैदिक रीति से होगा। मैंने सारा आयोजन कर लिया है।"

पुरोहितजी ने फिर हाथ बाँधे।

"मैं कह दूँगा, भगवन्, पर श्रीमान ने कहा था कि विवाह सनातन रीति से होगा।"

पुरोहितजी तो कहकर चले गए पर बाबू अनन्तराम का मन विचलित हो उठा। पास बैठी हुई श्रीमती से बोले, "सुना तुमने?"

"हाँ, सुना है। पर इसमें क्या है, किसी रीति से हो जाए—विवाह तो होगा ही!"

पर इस वाक्य ने आग पर तेल का काम किया। बाबू अनन्तराम झुँझला उठे।

"अपने घर में सनातन रीति से विवाह करूँ? समाज में नाक कटवा लूँ? हम आर्य भाइयों ने प्रण ले रखा है कि सब संस्कार वैदिक रीति से होंगे।"

बिना जवाब का इन्तजार किए बाबू अनन्तराम अन्दर गए, कागज-कलम उठाई, और बाबू गिरिधर के नाम पत्र लिख दिया :

'महानुभाव, नोट करें कि विवाह वैदिक रीति से प्रातः पाँच बजे होगा। मैंने सारा प्रबन्ध कर दिया है। क्षमा करें, हम आर्य भाई तारा डूबने और चढ़ने को नहीं मानते, इसलिए सुविधा के अनुसार समय पाँच बजे का निश्चित किया है। कृपया फिर नोट करें कि विवाह वैदिक रीति से होगा।'

उधर बाबू गिरिधर भी कमर बाँधे खड़े थे। उन्हें भगवान ने पहला अवसर धर्म निभाने का दिया था, उसे कैसे छोड़ देते? पत्र मिलने पर उन्होंने भी कलम उठाई और अपना वचन दोहरा दिया।

दोनों धर्मानुयायियों में चिट्ठी-पत्री चलने लगी, और दिन में तीन-तीन चिट्ठियाँ आने-जाने लगीं। पर वहाँ कौन माननेवाला था! आखिर बाबू गिरिधर की ओर से एक संक्षिप्त-सा पत्र आया।

'बाबूजी, मैं इस बहस को लम्बा नहीं करना चाहता। यदि आपको यह भी आपत्ति हो तो आप बेशक कुछ समय और सोच-विचार कर लें। विवाह की तारीख स्थगित की जा सकती है। मुझे बेटे को ब्याहने में कोई जल्दी नहीं है।'

बाबू अनन्तराम ने खत पढ़ा और गुर्राते हुए अपनी कलम उठाई, पर श्रीमती ने हाथ पकड़ लिया।

"तुम्हारी अक्ल ठिकाने है कि नहीं? कभी बेटीवालों ने भी आँखें दिखाई हैं? तुम्हें धर्म की पड़ी है, जो ब्याह रुक गया तो बेटी का क्या करोगे?"

बाबू अनन्तराम फिर गुर्राए, दाएँ से बाएँ हुए। पत्नी को नास्तिक और विधर्मी कहा, अपने भाग्य को कोसा, बाबू गिरिधर को बुरा-भला कहा, पर कलम को ज्यों-का-त्यों रख दिया। फिर गुस्सा थूककर बाबू गिरिधर के घर गए, और उन्हें जैसे बन पड़ा, समझाया—दीनता से भी और धृष्टता से भी। पर कुछ न बना, आखिर गम खाकर लौट आए।

बारात आई, उसके साथ दो सजे-सजाए तिलकधारी पुरोहित भी आए, और तारा डूबने से पहले, सनातन मंत्रों के उच्चारण के साथ बेटी का ब्याह हो गया।

बाबू अनन्तराम चपत खा तो गए, पर तिलमिलाहट बनी रही। दिल को समझाते कि आखिर बेटी तो सुखी रहेगी। पर दिल कब मानता था। शहर-भर के आर्य भाइयों ने विवाह देखा था, तरह-तरह की टीका-टिप्पणी होने लगी। बाबू अनन्तराम गर्दन झुकाए सब कुछ सुनने लगे। कोई सीधा सवाल पूछता, तो नजर नीची करके

कहते, "भाई, मैं क्या करूँ, मेरी घरवाली सनातन विचारों की औरत है। उसने धृष्टता की वरना मैं कब माननेवाला था!"

बीस साल का कमाया हुआ धर्म बाबू अनन्तराम एक दिन में गँवा बैठे।

उधर बाबू गिरिधर अब मित्र से सम्बन्धी हो गए थे। पहले केवल दोस्ती थी, अब लोकलाज, दिखावा, रिश्तेदारी सभी निभाती पड़ती थी। अभी विवाह को हुए महीना-भर भी न बीत पाया था कि बाबू गिरिधर का पुरोहित फिर दहलीज पर आ खड़ा हुआ।

"श्रीमान् ने कहा है कि आज पितरों का श्राद्ध है, बीस ब्राह्मण भोजन करेंगे।"

बाबू अनन्तराम क्या करते! कह तो दिया कि हम नहीं आएँगे, हम श्राद्धों को नहीं मानते। पर जब भोज का समय आया तो श्रीमती आग्रह करने लगी, "सगे-सम्बन्धी के घर नहीं जाओगे? लोग क्या कहेंगे? बेटी क्या कहेगी?"

बाबूजी दुविधा में पड़ गए। आखिर वहाँ भी गए, और सिर झुकाए दिन-भर ब्राह्मणों को पूरियाँ बाँटते फिरे।

जब श्राद्ध समाप्त हुए तो बाबू गिरिधर ने अपने घर में गरुड़ पुराण की कथा बैठा दी, और उसका न्योता सबसे पहले बाबू अनन्तराम के घर भेजा।

बाबू अनन्तराम का मन खिन्न हो उठा। उन्हें बाबू गिरिधर के न्योतों में षड्यंत्र का आभास होने लगा। उन्हें ऐसा महसूस हुआ, जैसे वह किसी जाल में फँस गए हैं और उसमें से निकलने के बजाय उसे अपने हाथों से और लपेटे जा रहे हैं। जब आर्य धर्म के सब नियम और उपनियम यों भंग होने लगे, तो उन्हें और तो कुछ न सूझा, उन्होंने अपने घर में सत्यार्थप्रकाश की कथा बैठा दी। फिर क्या था—दोनों धर्मों में मल्लयुद्ध छिड़ गया। बाबू गिरिधर के घर शंख बजता तो यहाँ भजन गाए जाते, वहाँ कीर्तन होता तो यहाँ सन्ध्योपासना होने लगती; वहाँ पूजा होती तो यहाँ व्याख्यान होने लगते। मुहल्ले-भर के लोग कभी एक के घर और कभी दूसरे के घर जाकर अपना परलोक सुधारने लगे।

पर यह सब कुछ होते हुए बाबू अनन्तराम के दिल को चैन नहीं मिला। उनके मन का बोझ ज्यों-का-त्यों कायम रहा। जब अकेले बैठते तो काँटे की चुभन दिल को कुरेदने लगती। यह तो मैं अपना धर्म कमा रहा हूँ, इसमें गिरिधर का क्या बिगड़ा? सब आर्य भाइयों के साम्ने पतित तो मैं हुआ, अब भी लोग निन्दा करते हैं तो मेरी, गिरिधर तो ज्यों-का-त्यों अपने धर्म पर खड़ा है।

पर इस धर्मयुद्ध में दोस्तों की बीस वर्ष की दोस्ती पिसकर राख होने लगी। पहले प्रात: की सैर बन्द हुई, फिर मेलजोल खत्म हुआ और केवल शिष्टता रह गई। फिर धीरे-धीरे वैमनस्य आने लगा। हाथ पहले की तरह अवश्य जुड़ते, पर दिल में घृणा उठती। धीरे-धीरे सारा सम्बन्ध नमस्ते और राम-राम पर समाप्त होने लगा। पहले कभी दिन में दो-दो बार मिलकर भी सन्तुष्ट न होते थे, अब कई-कई हफ्ते एक-दूसरे की सूरत तक न देखते।

मई का महीना था, दिन लम्बे और रातें छोटी हो रही थीं। इतवार ही का दिन था। बाबू अनन्तराम समाज मन्दिर की ओर जाने की तैयारी में थे। तभी बाबू गिरिधर का नौकर भागता हुआ अन्दर आया।

"आपको बाबूजी ने बुलाया है, जल्दी चलिए।"

"क्यों, क्या बात है?"

"बाबूजी ने कहा है, जल्दी बुला लाओ।"

"चलो, मैं आता हूँ।"

बाबू अनन्तराम हैरान हुए, और सोच में पड़ गए। बात क्या है? इतने सवेरे बुलाने का प्रयोजन क्या हो सकता है? कहीं बेटी-दामाद में कोई झगड़ा न हो गया हो? बाबू अनन्तराम चिन्तित हो उठे, और मन में इष्ट-अनिष्ट की सोचने लगे। मुझसे भूल हुई जो मैंने आना-जाना ही छोड़ दिया। कोई सगे-सम्बन्धियों से भी नाता तोड़ देता है! न मालूम, क्या बात है! इसी चिन्ता में वह बाबू गिरिधर के घर जा पहुँचे। उन्होंने घर के अन्दर पाँव रखा ही था कि बाबू गिरिधर सिसकते हुए आए और बाबू अनन्तराम को गले लगा लिया।

"बुआ स्वर्ग सिधार गई हैं," कहते हुए बच्चों की तरह बिलख-बिलखकर रोने लगे।

बाबू अनन्तराम ने सुना तो पहले तो सन्तोष की साँस ली, फिर मुँह लटकाकर, अपने शोकविह्वल मित्र को सँभाले हुए अन्दर चले आए।

बाबू गिरिधर की बूढ़ी बुआ जब जीवित थीं, तो वर्षों से चारपाई के साथ जुड़ी रहती थीं, यों तो मृत्यु ने उनका कष्ट निवारण किया था, पर तो भी वह गिरिधर की बुआ थीं, और गिरिधर को उनके साथ अगाध प्रेम था।

आखिर जब बाबू गिरिधर के आँसू कुछ रुके तो बाबू अनन्तराम ने उनके घुटने पर हाथ रखकर पूछा, "क्यों, भाई साहब, सम्बन्धियों में किसी आदमी को भेजा है?"

इसका उत्तर बाबू गिरिधर ने फिर रोते हुए सिर हिलाकर दिया, "तुमसे जो बन आए करो, भैया। मुझे तो किसी बात की सुध ही नहीं रही।"

बाबू अनन्तराम सचेत होकर बैठ गए। एक नौकर को अपने घर लौटाया, दामाद को सम्बन्धियों के घर भेजा, बैठक में से मेज-कुर्सियाँ उठवा दीं, ताकि लोगों के बैठने के लिए जगह बन सके, और गतिविधि का सारा प्रबन्ध हाथ में ले लिया। घर के लोगों को भी उन्हें देखकर उनकी पहली मित्रता के दिन याद आने लगे।

थोड़ी ही देर में मित्र-सम्बन्धी आ पहुँचे। दोनों मित्रों की शहर में रक्खी-रखाई थी, दोनों के सम्बन्धी आए—धर्म के भी और रिश्ते के भी। बाबू अनन्तराम हाथ जोड़-जोड़कर लोगों को बैठाने और विदा करने लगे।

दिन चढ़ आया था और रिश्तेदारों की भीड़ बढ़ने लगी थी। बाबू अनन्तराम ने अपने दामाद को इशारे से बुलाया।

"देखो चिरंजीव, तुमने आर्यसमाज मन्दिर तो देखा है?"

"जी।"

"वहाँ चले जाओ, बेटा, और वहाँ से पंडितजी को बुला लाओ।"

दामाद क्षण-भर खड़ा रहने के बाद जाने लगा तो बाबूजी ने कहा, "उन्हें कहना कि संस्कार-विधि लेकर ठीक दस बजे श्मशान-भूमि पर पहुँच जाएँ।"

दामाद कुछ देर तो बाबूजी के चेहरे की ओर देखता रहा, फिर एक हल्की-सी मुस्कान सम्बन्धियों से छिपाता हुआ बाहर निकल गया।

साढ़े नौ बजे अरथी उठी, और ठीक दस बजे संस्कार-विधि के पुनीत वैदिक मंत्रों और घृत-सामग्री की आहुतियों में शहर-भर के धर्म-मित्रों के सामने बाबू अनन्तराम ने वैदिक रीति से मृत की आत्मा को सीधा स्वर्ग के द्वार तक पहुँचा दिया।

इसे मृत की आत्मा को तो शान्ति मिली ही, साथ ही मित्रता की तुला में भी फिर से सन्तुलन आ गया।

एष धर्मः सनातनः

महन्त रामदास के दुखी दिल को जो शान्ति मिली तो काशी पहुँचकर। यहाँ गंगा माता की अपार महिमा थी, हरि नाम की गूँज थी, घंटे और घड़ियालों से चारों दिशाएँ मुखरित रहती थीं। जवानी में क्लेश हों तो उनसे जूझने के लिए शरीर में बल और दिल में साहस होता है, मगर रामदास बूढ़े हो चुके थे, वह बल और साहस कहाँ से लाते! हाँ, एक विश्वास ही विश्वास था, जिस पर किया गया प्रहार वह सहन न कर सकते थे, लाचार गाँव छोड़कर चले आए।

महन्त रामदास के मन्दिर पर अछूत चढ़ आए थे। वर्षों से रामदास सुनते आ रहे थे कि मन्दिर के पट अछूतों, चमारों, डोमों सबके लिए खोल दिये जाएँगे। और रामदास ने कोई युक्ति, कोई हीला, मन्दिर की पावन शुचिता को बचाने का न छोड़ा था। सारी उम्र महन्तजी ने गाँव के मन्दिर की सेवा की थी। नियमानुकूल सब काम किए थे—सर्दी हो या गर्मी, सुबह तीन बजे उठकर मन्दिर के कुएँ से पानी ले-लेकर सारा मन्दिर धोते और पौ फटने पर स्वच्छ निर्मल मन्दिर के आँगन में आरती उतारते, धूप जलाते, फूलों के गजरे और नई मालाएँ इष्टदेव के गले में पहनाते। और जब सूर्य की किरणें मन्दिर के कलश को छूतीं तो महन्त रामदास के मन्दिर में भीड़ लग जाती, घंटियाँ और घड़ियाल बजते, गाँव-भर के लोग हाथ जोड़े, सिर नवाए पूजा-अर्चना करते।

उसी मन्दिर पर अब अछूत चढ़ आए थे। गाँव के सात घर चमारों के थे, मगर चमार रहते गाँव में थे, काम शहर में करते थे। उसी से उनके हौसले बढ़े हुए थे। जिस रोज पहले-पहल ब्राह्मणों का रास्ता काटने लगे, उसी रोज महन्तजी का माथा ठनका, किन्तु समय का रंग देखकर चुप हो गए। मगर जब वही चमार शहर के कुछ आदमियों को लेकर, दो लाल पगड़ीवाले सिपाहियों को साथ लिए सीधे मन्दिर के चबूतरे पर चढ़ आए, तो महन्त रामदास सहन न कर सके। चिल्लाए, जो मुँह में आया कहा, एक-एक को थाप दिया, गाँव के ब्राह्मण और ऊँची जातिवाले भी इकट्ठे हुए, खून-खराबा तक हुआ, मगर किसी की कोई पेश न गई। अछूत आए और

पतित-पावन के मन्दिर को कलुषित कर गए। दरवाजों का खुलना था कि हर राह जाता चमार मन्दिर के चबूतरे पर चढ़ने लगा। कुजात लोगों की अपनी दुर्गन्ध होती है, उनकी आकृति में नीचता होती है, उनके श्वास की बू से रामदास का मन्दिर कलुषित हो उठा। रामदास धो-धोकर मन्दिर को साफ करते, मगर बू न जाती। इष्टदेव को भोग लगाते तो जान पड़ता, जैसे चमारों की जूठन का भोग लगा रहे हों!

आखिर महन्तजी ने गाँव छोड़ दिया। गाँव से बढ़कर उन्हें अपना धर्म प्यारा था, अपना अगला जन्म प्यारा था, उसे वह क्योंकर दूषित होने देते? गाँववालों से कहकर कि अब वह लौटकर नहीं आएँगे, अपने दो कपड़े उठाए, हाथ में लाठी और कमंडल थामे अपने इष्टदेव को बार-बार प्रणाम करते हुए, आँसू पोंछते, गाँव से बाहर निकल गए।

रामदास जगह-जगह भटकते आखिर काशी पहुँचे। यहाँ चौबीसों घंटे भगवत्-भजन की स्वर-लहरी वातावरण में गूँजती थी, दिन-भर यात्रियों के टोले गंगा की स्वच्छ धारा में अपने मन का ताप मिटाते थे।

रामदास अस्सी घाट के पास एक धर्मशाला में टिक गए। भोजन कभी स्वयं बना लेते, कभी पास ही राव गुलाबसिंह के लंगर से मिल जाता। पहले कुछ रोज रामदास काशी-दर्शन करते रहे। काशी की पंचकोसी प्रदक्षिणा की, एक-एक घाट पर स्नान किया, एक-एक मन्दिर में देव-दर्शन किए। दशाश्वमेध घाट पर नित्यप्रति कीर्तन होता था, वह सुनते रहे। धीरे-धीरे उनके विक्षिप्त मन को सान्त्वना मिली और उन्होंने गाँव लौटने का विचार बिलकुल छोड़ दिया।

मगर फिर सहसा एक के बाद दूसरी दो-तीन बातें ऐसी हो गईं कि उनके पाँव फिर उखड़ने लगे और मन उचाट रहने लगा।

चन्द्रग्रहण का पर्व निकट आ रहा था और बनारस में यात्रियों की भीड़ बढ़ने लगी थी। धर्मशालाएँ और मन्दिरों के आँगन खचाखच भरने लगे थे। रामदास इस पर्व पर गंगास्नान का पुण्य कमाने का बड़ी उत्सुकता से इन्तजार कर रहे थे। तब एक रोज बाहर से लौटकर क्या देखते हैं कि उनका सब-का-सब सामान चोरी हो गया है। सामान बहुत न था, कुछ कपड़े, कुछ नकदी, दो-एक बर्तन। रामदास व्याकुल हो उठे। मन्दिर का कोना-कोना छान मारा मगर कहीं सामान का पता न चला। रामदास वर्षों मन्दिर के महन्त रह चुके थे, चोर पहचानने में उनकी नजर तेज थी मगर पर्व की इस बढ़ती भीड़ में उनकी सूझ काम न आई। एक जगह से दूसरी जगह भटकते फिरे। सूर्य निकल आया था और रामदास के माथे पर पसीना चमकने लगा था। पहली बार काशी का पुण्य धाम उन्हें एक पराया अजनबी शहर नजर आने लगा, जहाँ कोई वाकिफ न था, कोई परिचित न था। सामान ढूँढ़ते-ढूँढ़ते रामदास की साँस फूलने लगी। दर्जनों लोग मन्दिर में आ-जा रहे थे, उन्होंने एक-एक से पूछा, मगर सामान का कुछ पता न चला।

इधर सामान चोरी हुआ, उधर राव गुलाब सिंह का लंगर दस दिन के लिए बन्द हो गया। सामान की खोज के बाद रामदास थके-हारे भोजन करने गए तो वहाँ ताला चढ़ा हुआ पाया। पर्व नजदीक आ रहा था, धनाढ्य को मुफ्तखोरों की बढ़ती संख्या मंजूर न थी। काशी की आबादी हर रोज बढ़ रही थी। कोई लंगर न था जिस पर साधुगण बकरियों के रेवड़ की तरह मिमियाते हुए न आ पहुँचते हों। पहले पैसे लुटाओ फिर पुण्य कमाओ, यह धनाढ्य को मंजूर न था। उन्हें धीमी लौ पर पुण्य पकाना मंजूर था, दस-पाँच ब्राह्मण पत्तल चाट जाएँ और महिमा का बखान करते जाएँ।

तीन दिन के अन्दर-अन्दर रामदास की स्थिति एक यात्री से लुढ़ककर पथ के भिखारी की-सी बन गई। चेहरा सूखकर पीला पड़ गया, साँस दमे की पुरानी बीमारी से फूलने लगी, और पेट में भूख के कारण हर वक्त दर्द रहने लगा और इसी बेचारगी में रामदास अपने हाथ का कमंडल भी खो बैठे। हाँफते हुए सड़क के किनारे बैठे थे कि वह भी कहीं उठ गया। जो हाथ में कमंडल थामे रहो, तो काशी में तुम साधु हो—चाहे बड़े साधु चाहे छोटे, कमंडल बढ़ाने पर लोग कुछ-न-कुछ उसमें डाल ही देते हैं, कोई दुत्कारता नहीं। मगर जो हाथ में कमंडल नहीं तो तुम रास्ते के भिखमंगे हो, तुम्हारी ओर कोई आँख उठाकर भी नहीं देखेगा।

इस स्थिति में रामदास को बार-बार गाँव की याद आई। वहाँ कोई पूछनेवाला तो था, यों गलियों में मरने की नौबत तो न आती। जी चाहता, जैसे भी हो, गिरते-पड़ते लौट जाएँ। मगर जब मन्दिर की दुर्दशा का ध्यान आता कि वह मन्दिर के चबूतरे पर बैठे होंगे और डोम-चमार उनकी खिल्ली उड़ाते हुए मन्दिर पर चढ़ जाएँगे, तो उनका हृदय विरक्त हो उठता। अब तो यहीं पर देह-विसर्जन होगा। जो भगवान को मंजूर हुआ तो बच जाएँगे, नहीं तो गंगामाय की गोद में आत्म-समर्पण कर देंगे।

चन्द्रग्रहण का पुण्य पर्व आ पहुँचा। शाम का वक्त था। हजारों स्त्रियाँ, पुरुष, साधु, भिखारी, बच्चे, बूढ़े सब एक बहाव में बहते हुए, हरिनाम जपते हुए, दशाश्वमेध घाट की ओर जा रहे थे। और इसी भीड़ पर आँखें गड़ाए रामदास, मैले-फटे कपड़े पहने, हाथ में एक टूटा हुआ टीन का डिब्बा उठाए, सड़क के किनारे खड़े थे। रामदास दो दिन से भूखे थे। एक जगह पर दो दिन पहले उन्हें एक रोटी और थोड़ी-सी दाल मिल पाई थी, मगर पेट की ज्वाला आज फिर धधकने लगी थी। रामदास ने कभी किसी के सामने हाथ न पसारे थे, मगर अब हाथ पसारने की नौबत आ गई। धीरे-धीरे गिरते-पड़ते भीड़ में रामदास भी दशाश्वमेध घाट तक जा पहुँचे। सीढ़ियों के ऊपर खड़े होकर उन्होंने देखा कि हजारों यात्री घाट उतरकर गंगा में स्नान कर रहे हैं। और जो स्नान कर चुके हैं, वे लौटते हुए, पुण्य कमाने की मंगल कामना में भिखमंगों को खील के लड्डू बाँट रहे हैं। दशाश्वमेध घाट की चौड़ी गहरी

सीढ़ियों के बीचोबीच भिखमंगों की कतार बैठी थी। रामदास ने उन्हें पहले भी देखा था, और देखकर आँखें फेर ली थीं। वह सब-के-सब कोढ़ी थे, अपाहिज भिखमंगे। किसी के हाथ की उँगलियाँ गलकर गिरी हुईं, किसी के होंठ कटे हुए, किसी का सारा शरीर सूजा हुआ और त्वचा पर पीप बहती हुई।

रामदास एक तरफ होकर खड़े हो गए। सीढ़ी पर बैठा एक कोढ़ी जिसके एक हाथ की सब उँगलियाँ गिर चुकी थीं, अपनी हथेली को बाएँ से दाएँ और दाएँ से बाएँ दिखा रहा था। रामदास के देखते ही उसकी चद्दर पर दो यात्री तीन-चार खील के लड्डू फेंक गए थे। कुछ एक पैसे और लड्डू पहले से पड़े थे।

रामदास का संकोच तनिक दूर होने लगा। उन्होंने धीरे से बढ़कर एक जाते हुए यात्री को बाँह पर छूते हुए कहा, ''ए सुनो बाबा, मैं दो दिन से भूखा हूँ, कुछ दे जाओ।''

मगर यात्री ने बिना रामदास की ओर देखे बाजू झटक दिया। रामदास पानी-पानी हो गए। मगर क्या करते, मजबूरी ने फिर हाथ बढ़वाए। एक स्थूलकाय बंगालिन अपने नौकर से खील के लड्डुओं का पछड़ा उठवाए चली आ रही थी, और सीढ़ियों पर बैठे एक-एक भिखारी को बाँटती जा रही थी। रामदास उसके सामने पहुँचकर गिड़गिड़ाए, मगर बंगालिन महिला ने रामदास को एक नजर देखकर उनसे पल्ला बचाते हुए मुँह फेर लिया।

तब रामदास को इस बात का बोध हुआ कि सीढ़ियों पर बैठे हुए कोढ़ी भिखारी इन दान के सतत पात्र हैं, जो औरों को नहीं मिल रहा है। रामदास उनमें न बैठना चाहते थे। अभी वह कोढ़ियों की श्रेणी में नहीं पहुँचे थे। उन्हें देखकर अब भी उनके बदन में कँपकँपी उठती थी। मगर हर एक कोढ़ी के सामने खील के लड्डू धरे पड़े थे। रामदास ने दूर तक देखा। एक-एक कोढ़ी एक-एक सीढ़ी पर यों आश्वस्त बैठा था, जैसे सेठ अपनी गद्दी पर बैठता है। उनके भरे कमंडलों और झोलों को देखकर रामदास का मन ईर्ष्या से भर उठा।

रामदास ने कितनी ही बार आने-जानेवाले यात्रियों से हाथ बढ़ाकर याचना की, गिड़गिड़ाए मगर कुछ प्राप्त न हुआ। आखिर हारकर उन्होंने बड़े ध्यान से कोढ़ियों की पाँत को देखा, सिरे पर दूसरी सीढ़ी खाली पड़ी थी, उस पर कोई कोढ़ी न बैठा था; शायद उठ गया हो, शायद बैठा ही न हो। उससे निचली सीढ़ी पर एक काले रंग का बूढ़ा गंजा कोढ़ी, लातों पर पट्टियाँ बाँधे बैठा था। उसके नीचे एक कटे नाकवाली औरत थी।

रामदास बढ़ते हुए खाली सीढ़ी पर जा खड़े हुए और अपनी मैली चद्दर बदन पर से उतारकर दोहरी करके बिछाने लगे। अभी वे चद्दर बिछा भी न पाए थे कि बूढ़े कोढ़ी ने देख लिया। घूमकर कड़ककर बोला, ''कौन है ? इधर क्या है ?''

''क्यों बाबा, चिल्लाते काहे को हो ? इधर खाली जगह है, हम बैठ रहे हैं।''

रामदास के चद्दर बिछाने की देर थी कि कोढ़ी ने डंडा उठा लिया, ''हटो यहाँ से, सिर फोड़ दूँगा। साला चमार, कहीं का! जानता नहीं, इधर ब्राह्मण बैठते हैं?''

रामदास हड़बड़ाकर उठ बैठे, फिर सँभलकर बोले, ''हम भी ब्राह्मण हैं भाई, सारस्वत ब्राह्मण।''

मगर कोढ़ी डंडा उठाए, कराल रूप धारण किए, गुस्से से झाग उगलता हुआ चिल्लाने लगा, ''खोपड़ी फोड़ दूँगा। यह जगह ब्राह्मण के बैठने की है। झूठ बोला, डोम कहीं का! टीन का डिब्बा उठाए घूमता है, कहता है, ब्राह्मण है!''

उसको यों चिल्लाना था कि कितने ही कोढ़ी सीढ़ियों पर रेंगते हुए ऊपर चढ़ने लगे और गालियाँ बकने लगे। कुछ एक राह जाते यात्री भी रुक गए और रामदास को बुरा-भला कहने लगे। रामदास हाथ में टीन का डिब्बा पकड़े हुए हतबुद्धि होकर कभी यात्रियों के मुँह की ओर और कभी कोढ़ियों की तरफ देखने लगे।

फिर उन्हें कुछ और तो न सूझा, ऊँची आवाज में बोलने लगे, ''मैं भूखा हूँ, कुछ दया करो।''

इतने में कहीं से दो-तीन स्वयंसेवक भी लाठियाँ उठाए आ गए। एक ने क्षण-भर मामले को समझने की कोशिश की और दूसरे क्षण रामदास को बाँह से पकड़कर खींचकर एक तरफ धकेल दिया और यात्रियों के लिए रास्ता साफ कर दिया।

रामदास अब भी हैरान और हतबुद्धि होकर कोढ़ियों की पाँत को देखे जा रहे थे। उनकी समझ में नहीं आ रहा था कि हो क्या रहा है। क्या घाट पर भीख माँगने के लिए भी ब्राह्मण होना जरूरी है? मैं तो मन्दिर का पुजारी था, यह कोढ़ी किस मन्दिर के पुजारी हैं?

अँधेरा बढ़ रहा था और यात्रियों का समूह और भी गहरा होने लगा था। चन्द्रग्रहण लगने में देर न थी। शंखनाद और आरती-भजन से वातावरण गूँजने लगा था। रामदास काँपते घुटनों के बल धीरे से उठे, और उसी जनप्रवाह में फिर धक्के खाते हुए बहने लगे। एक जगह एक गली के सिरे पर एक मन्दिर नजर आया जिसके चबूतरे पर कुछ साधु बैठे भात बना रहे थे। उन्हें देखते ही रामदास का गला रुँध गया, पाँव मन्दिर की ओर बढ़ने के लिए उठे, मगर फिर साहस ने साथ छोड़ दिया। कहीं वे भी उन्हें चमार-डोम समझकर मन्दिर से उतार दें तो उनके पास ब्राह्मण होने का सबूत ही क्या है? मन्दिर के चबूतरे पर उन्होंने अपनी उम्र काटी थी मगर इस मन्दिर के नजदीक जाते हुए उनके पाँव काँपने लगे। याचना-भरी नजरों से उनकी ओर देखते रहे, फिर लौट पड़े।

उनकी टाँगें जवाब दे रही थीं और आँखों के सामने बार-बार अँधेरा छा रहा था, जब एक दूसरी गली के बाहर उन्होंने एक लम्बी कतार भिखमंगों की बैठी हुई देखी। रामदास ने देखा, दूर अन्दर गली तक कतार बढ़ी हुई है, जहाँ कुछ बँट रहा है। रामदास इधर-उधर देख उस पाँत की ओर बढ़ गए। पाँत में खड़े होने लगे तो

पीछे बैठे भिखमंगों ने उन्हें देख लिया। रामदास काँपती आवाज में फिर से बोल उठे, ''मैं भी ब्राह्मण हूँ बाबा, बहुत भूखा हूँ, दो दिन से भूखा हूँ। बीमार हूँ। कुछ नहीं मिलेगा तो मर जाऊँगा। कुछ दया करो!''

इस पर एक भिखमंगा हँसने लगा। बोला, ''आओ, आओ ब्राह्मण देवता, मगर हम तो ब्राह्मण नहीं हैं, सच बोल दें।''

''तो तुम कौन हो भैया?''

''हम तो छोटी जात के हैं, जो समझ लो।''

रामदास धीरे से पाँत के सिरे पर बैठ गए। दिल को ढाढ़स हुआ कि यहाँ से उन्हें कोई उठाएगा नहीं। और जो भाग्य में हुआ तो कुछ मिल भी जाएगा।

रामदास झाँक-झाँककर गली के अन्दर देख रहे थे कि प्रसाद बाँटनेवाले कब तक उनके पास पहुँच जाएँगे, या पहुँचेंगे भी कि नहीं, जब भिखमंगे ने कहा, ''अभी तक कुछ नहीं मिला बाबा? आज तो सबके डिब्बे भरे हुए हैं। कहाँ से आया है? '

रामदास ने भिखमंगे की ओर देखा। मगर कोई उत्तर देने से पहले ही उनका गला रुँध आया और आँखें डबडबा आईं।

''खील के लड्डू लोगे बाबा? हमारे पास बहुत हैं, आज बहुत खाए।'' कहते हुए अपने झोले में से निकालकर ब्राह्मण बाबा के डिब्बे में डालने लगा।

रामदास सहसा सकुचाए और उन्होंने हाथ से डिब्बा खींच लिया।

''अच्छा, नहीं लो बाबा, हम किसी का धर्म क्यों बिगाड़ेंगे!'' भिखमंगा फिर हँसने लगा।

रामदास के होंठ कुछ कहने के लिए खुले मगर फिर काँपकर बन्द हो गए। आँखों में आँसू छलक आए थे। थोड़ी देर बाद कृतज्ञता-भरी नजरों से भिखमंगे की ओर देखकर उन्होंने सिर झुका लिया और टिन का डिब्बा उसके सामने कर दिया।

''मेरे पास रोटी भी है बाबा, रोटी लोगे?''

महन्त रामदास का गला रुँध गया। वे सिर झुकाए चुपचाप खील के लड्डू तोड़ने लगे।

उस रात जब सड़क के किनारे रामदास चद्दर बिछाकर लेटे तो मन ऐसा उचाट था कि सँभलने में न आता था। बार-बार कभी कोढ़ी ब्राह्मणों की पाँत और कभी गाँव की तस्वीर आँखों के सामने घूमने लगती।

पाप-पुण्य

मालती और काकू घर में ऊधम मचा रहे थे। खाट पर चढ़े हुए कभी एक-दूसरे को धकेल, कभी बाल खींच गिरा, कभी छलाँगें लगा, हो-हल्ले में घर सिर पर उठा रखा था, जब सीढ़ियों पर सहसा बाबूजी के कदमों की आवाज आई। बोझिल भारी बूट, बीच में किसी-किसी वक्त सीढ़ी पर छड़ी के टिकने की आवाज़, सुनते ही पहले मालती और फिर काका खड़े हो गए। मालती तो झट से खाट पर से उतर आई और सीधी भागकर माँ की पीठ के साथ जुड़कर खड़ी हो गई जो कोने में बैठी रसोई बना रही थी, काकू खाट पर ही खड़ा रहा।

"क्या है मालती? इधर क्यों घुसड़ी चली आ रही हो?" मगर दूसरे ही क्षण मालती की ओर देखकर बोली, "चट्टी नहीं पहनी! जा, झट से पहन ले। वह कुर्सी के नीचे पड़ी है, जा, नहीं तो बाबूजी आ रहे हैं।"

मालती दौड़ती हुई कुर्सी की ओर गई, मगर वह अभी कमरे के दरमियान तक ही पहुँच पाई थी कि बाबूजी की काय, दहलीज पर आन खड़ी हुई—ऊँचा लम्बा कद, बड़ी-बड़ी काली मूँछें, बन्द गले का कोट, एक हाथ में छड़ी, दूसरे हाथ में सब्जी का थैला।

खड़े होते ही उन्होंने देख लिया कि मालती केवल एक बनियान पहने भागी जा रही है। झट से बोले, "मालती।"

मालती जहाँ थी, वहीं लरजकर खड़ी हो गई।

"इधर आओ।"

सब्जी का थैला तिपाई पर रखकर, फिर पगड़ी उतार, सिर पर हाथ फेरते हुए, बाबूजी खाट पर बैठ गए।

इस पर मालती की माँ ने धीरे से घूमकर कहा, "अभी पहने लेती है। जा मालती, चट्टी पहन, खड़ी-खड़ी क्या देख रही है?"

"तुम चुप रहो जी, इधर आओ मालती।"

बाबूजी बच्चों को जन्म से सद्‌शिक्षा देने के हामी थे। उनका कहना था कि बच्चे की शिक्षा यूँ तो गर्भ से ही शुरू हो जाती है—अभिमन्यु को चक्रव्यूह तोड़ने

की शिक्षा गर्भ में ही मिली थी—मगर जो उनके बच्चे गर्भ से शिक्षा लेकर नहीं आए, तो अब उन्हें उससे क्यों वंचित रखा जाए? काकू दो वर्ष का था और मालती चार वर्ष की हो चली थी। सदाचार की शिक्षा का बीज तो बचपन ही में मस्तिष्क में पड़ जाए तो फलता है। बाद में तो तरह-तरह के संस्कार अंकुर तक नहीं फूटने देते।

"इधर आओ मालती।"

मालती जो अभी तक कमरे के बीच में खड़ी बाबूजी को देखे जा रही थी, अब धीरे-धीरे सरकती हुई उनकी खाट के पास आ खड़ी हुई।

"चट्टी क्यों नहीं पहनी?"

जवाब में मालती ने अपना वायाँ गाल झुकाकर बाएँ कन्धे के साथ जोड़ दिया, और झुकी हुई नजरों से बाबूजी के स्थूल दाएँ हाथ को देखने लगी कि वह कब गाल पर पड़ने के लिए उठेगा।

"मैंने तुझे कितनी बार कहा है कि चट्टी पहन के रहा कर। बोल, फिर चट्टी पहने बिना घूमेगी?"

मालती ने सिर हिलाया।

"लगा कान को हाथ!"

मालती ने दोनों हाथों से दोनों कान पकड़ लिये।

"फिर चिट्टी पहने बिना घूमेगी? बोल, कभी नहीं घूमूँगी?"

"कभी नहीं घूमूँगी।"

"फिर बोल, कभी नहीं घूनँगी?"

"कभी नहीं घूमूँगी।"

"चट्टी पहने बिना कभी नहीं घूमूँगी।"

"चट्टी पहने बिना कभी नहीं घूमूँगी।"

मालती की आस बँधने लगी। जो अब तक थप्पड़ नहीं पड़ा, तो अब नहीं पड़ेगा। बाबूजी ने थप्पड़ रसीद करना हो तो छूटते ही कर देते हैं, अब तो प्रश्नोत्तरी शुरू हो गई, तो मतलब है, थप्पड़ टल गया। मालती की फूलती हुई साँस धीरे-धीरे आश्वस्त गति पर आने लगी, गर्दन भी सीधी होने लगी, और आँखों की पलकें उठकर बाबूजी का चेहरा देखने लगीं।

"जो चट्टी न पहनी तो क्या होता है?"

मालती बोली, "पाप चढ़ता है।"

"और क्या होता है?"

"ईश्वरजी नाराज होते हैं।"

"और जो माँ-बाप का कहना नहीं माने तो क्या होता है?"

"पाप चढ़ता है।"

"फिर तूने चट्टी क्यों नहीं पहनी?"

मालती चुपचाप बाबूजी के मुँह को देखने लगी।

''गायत्री मंत्र याद किया है?''

मालती ने बिना हाँ या न का जवाब दिये गायत्री मंत्र पढ़ना शुरू कर दिया।

''आज सन्ध्या की है?'' फिर धर्मपत्नी की ओर मुँह करके पूछा, ''बच्चों ने सन्ध्या की है?''

माँ, बिना पीठ घुमाए बोली, ''हाँ, साथ में दोनों बैठे थे।''

फिर मालती की ओर देखते हुए बोले, ''वेद कितने हैं?''

''चार।'' मालती ने कहा।

''वेदांग कितने हैं?''

''छह।''

''आर्य समाज के नियम कितने हैं?''

''दस।''

''और वह दीवार पर क्या लिखा है?''

बाबूजी ने दीवार पर महर्षि के बृहत् चित्र के साथ, दोनों तरफ वैदिक सूत्र और सदुपदेश अपने हाथ से लिख रखे थे, क्योंकि बच्चों पर संस्कार उनके वायुमंडल से पड़ते हैं।

''सत्यम् वद, धर्मम् चर।'' मालती ने कहा।

''उसके साथ लाल स्याही में क्या लिखा है?''

''सादापन जीवन है, सजावट मृत्यु है।''

''उसके नीचे?''

''पुरुषार्थ जीवन, आलस्य मृत्यु है।''

''उसके नीचे?''

''सदाचार जीवन, दुराचार मृत्यु है।''

इतना कह चुकने के बाद बाबूजी मालती का कान पकड़कर बोले, ''चार वर्ष की होने को आई। तेरे जितनी लड़कियाँ तो घर का काम करती हैं।''

मालती बड़प्पन के गर्व में फूलकर बोली, ''चट्टी काकू ने भी नहीं पहनी।''

अब बाबूजी ने नजर उठाकर खाट की ओर देखा। काकू अलमस्त नंगा, एक हाथ में बनियान थामे, दूसरा मुँह में दबाए, खड़ा-खड़ा कौतुक देख रहा था।

''उतर नीचे, सूअर!'' बाबूजी ने कहा, फिर मालती को सम्बोधित करते हुए बोले, ''चलो, पहनो चट्टी, और इसे भी पहनाओ।''

मालती भागती हुई गई, कुर्सी के नीचे से चट्टी उठाकर पहले खुद पहनी, फिर खाट के नीचे से काकू की चट्टी उठाकर काकू को पहनाने लगी।

जब पहना चुकी तो बाबूजी की फिर आवाज आई, ''अब जाओ दोनों नीचे। मुझे आराम से बैठने दो।''

मालती और काकू, एक-दूसरे का हाथ पकड़े धीरे-धीरे कमरे से बाहर चले गए।

"तुम्हें मैं कितनी बार समझाऊँ कि बीच में नहीं बोला करो। तुम खुद बच्चों को बिगाड़ती हो।" बच्चों के चले जाने के बाद बाबूजी धर्मपत्नी पर बरस पड़े।

इस पर धर्मपत्नी बैठे-बैठे ही बोली, "छोटे-छोटे दो बच्चे हैं, इनकी भी तुम ताड़ना करते रहते हो। तुम्हारे कदमों की आवाज से वे डरते हैं।"

"अभी दो हैं तो सदा तो नहीं रहेंगे। इनकी ही सदशिक्षा न हुई तो सारी सन्तान बिगड़ जाएँगी।"

श्रीमती इस पर सकुचाई और धीरे से बोली, "चार वर्ष की बच्ची है, उतार देती है, मैं कहाँ उसके पीछे-पीछे भागती फिरूँ? क्या हुआ जो चट्टी उतर गई?"

बाबूजी सुनकर हैरान रह गए, "क्या हुआ? अभी हुआ ही कुछ नहीं? इसी तरह बच्चों के आचार बिगड़ते हैं, और कैसे बिगड़ते हैं!"

"अभी हैं कितने-से? बड़े होंगे, अपने-आप सीख लेंगे। जो सिखाते हैं, यूँ पीछे थोड़े पड़ जाते हैं और जैसे तुम करते हो!"

"बस-बस, रहने दे अपना उपदेश। और नहीं तो मुझे सिखाने चली है!"

"तो सिखा लो जो सिखाना हो, मैं क्या कहती हूँ!"

"सिखाऊँगा नहीं, छोड़ दूँगा? दो-तीन बार ऐसे ही कान खींच दिये तो चट्टी पहने बिना नहीं घूमेंगे। तीर की तरह सीधा कर दूँगा दोनों को, देख लेना।"

बीवी पति की धृष्टता जानती थी, चुप रही।

इधर यह सद्वार्तालाप चल रहा था, उधर एक बच्चे की फिर चट्टी उतर गई।

दोनों बच्चे जब सीढ़ियाँ उतरकर नीचे आए तो सामने पड़े रेत के ढेर पर खेलने लगे। रेत ढकी थी और रात की ओस से गीली थी। बैठते ही दोनों की चट्टियाँ गीली हो गईं। उन्होंने इसकी परवाह नहीं की। रेत के ढेर पर चढ़कर पहले तो काकू चहकने लगा, "ओई-ओई!" और रेत उछालने लगा, फिर रेत पर लेट गया।

उधर मालती रेत में गुड़िया का घर बनाने लगी। मगर जब मालती तीन घर बना चुकी थी और चौथा बनाने के लिए उठी तो उसने देखा कि काकू रेत पर बैठा सिद्ध योगियों की तरह हवा में देख रहा है।

"उठ काकू, मुझे यहाँ घर बनाना है।"

मगर जब फिर भी काकू नहीं उठा और मालती उसे वहाँ से धकेलने लगी तो काकू ने दोनों हाथों से कुर्ता उठाया और चट्टी दिखाता हुआ बोला, "चट्टी।"

"हा! चट्टी पर पेशाब कर दिया? काकू, मैं माँजी से कहूँगी।"

काकू ने फिर चट्टी दिखाई, "चट्टी!"

फिर काकू धीरे से उठा, और बोझल रेत और पानी से सनी चट्टी को थामे, रेत के ढेर से नीचे आ खड़ा हुआ, फिर झट से चट्टी खिसकाकर उतार फेंकी।

"हा, चट्टी उतार दी! बाबूजी पीटेंगे। काकू, पैर नंगा, चट्टी भी नहीं पहनी।"

काकू का मन दुविधा न जानता था। उसकी समझ में यह बात आती भी न थी कि जो चट्टी पहने-पहने पेशाब करो तो माँ पीटती हैं, और जो उतार दो तो बाबूजी पीटते हैं। मालती की बात सुनकर काकू ने एक बार चट्टी की ओर देखा, मगर उस गीली, बोझिल चट्टी को उठाकर पहनने की उसे कोई इच्छा न हुई।

"काकू पैर नंगा जी! हम कह देंगे, काकू पैर नंगा।" मालती फिर किलकारी लेकर चिल्लाई।

थोड़ी देर तक तो काकू हतबुद्धि बहन की किलकारियाँ सुनता रहा, फिर वह भी हँसने और उछलने लगा और रेत की मुट्ठियाँ भर-भरकर फेंकने लगा।

धूप चढ़ आई थी और बाबूजी स्नानादि से निवृत्त हो चौकी पर बैठे स्वाध्याय कर रहे थे, अब उनके स्वाध्याय में विघ्न पड़ने लगा। दरवाजा बन्द था मगर दरवाजे के बाहर बरामदे में मालती और काकू की आवाजें आने लगीं। बाबूजी का ध्यान उचट गया और बार-बार कान बच्चों के वार्तालाप की ओर जाने लगे। मगर थोड़ी ही देर में उनका चेहरा गर्व और उल्लास से चमक उठा और वह धर्म पुस्तक पर से आँखें हटाकर बड़े ध्यान से बच्चों की बातें सुनने लगे।

फिर धीरे से अपनी स्त्री को बुलाकर बोले, "जरा इधर आओ।" और आप भी कुछ उठकर दरवाजे की ओट में जाकर खड़े हो गए, और दरवाजे के साथ कान लगाए सुनने लगे।

श्रीमती भी वहीं आ पहुँची।

मालती काकू को कह रही थी, "चट्टी पहन काकू। चट्टी नहीं पहनो तो पाप चढ़ता है।"

थोड़ी देर बाद फिर मालती की आवाज आई, "मेरा अच्छा भाई, चट्टी पहन ले।"

थोड़ी देर चुप रही। जाहिर था कि काकू धर्मोपदेश दत्तचित्त होकर सुन रहा है, स्वयं कोई जवाब नहीं दे रहा।

"जो चट्टी नहीं पहनते, उन्हें परमात्मा जी मारते हैं। परमात्मा जी के पास इतनी बड़ी सोटी है, बाबूजी से भी बड़ी।"

फिर चुप।

इसके बाद मालती की झुँझलाई हुई आवाज आई, "नहीं पहनता काकू? मैं बाबूजी को कहूँगी। चल अन्दर।"

काकू फिर भी चुप था।

बाबूजी अपनी शिक्षा के सतत प्रभाव पर मन-ही-मन खिल उठे थे। बेटी की इस धर्मभीरुता और आज्ञाकारिता पर गद्गद हो रहे थे। श्रीमती की ओर झुककर बोले, "देखा शिक्षा का प्रभाव? बच्चे सीखते हैं या नहीं? कितनी सयानी हो रही है तेरी बेटी!"

फिर सयानी बेटी मालती को शाबाशी देने के लिए उन्होंने धीरे से दरवाजा खोला। मगर नजर बाहर डालते ही झेंप गए। आज्ञाकारी बेटी एक हाथ में काकू की चट्‌टी उठाए, दूसरे हाथ से काकू को पकड़े, अन्दर की ओर खींच रही थी और काकू परेशान हतबुद्धि, उसके साथ-साथ घिसटता आ रहा था।

"चल अन्दर, मैं बाबूजी को कहूँगी।"

और बाब्रूजी को देखकर मालती बड़े गर्व से बोली, "देखो बाबूजी, फिर काकू पैर नंगा है, चट्‌टी नहीं पहनता। इसे पाप चढ़ेगा न?"

ललिता

ललिता के ब्याह की चर्चा घर में क्या हुई कि माँ-बाप में झगड़ा हो गया। माँ कहने लगी, ''मैं इस सम्बन्ध के हक में नहीं हूँ। हम अमीरों के घर में बेटी देते नहीं सुहाते। तुम हाथ जोड़कर माफी माँग लो।''

बाप बोला, ''तेरी अकल ठिकाने है या नहीं? लड़का ढूँढ़ते मेरी जूतियाँ घिस गई हैं, अब भाग्य से जो अपने-आप लड़का मिला है तो तू बिगड़ बैठी है। अमीर है तो क्या, हम उनसे कुछ माँगने जा रहे हैं? लड़की अच्छे घर जाएगी, खाएगी, पहनेगी, हमें भी बुढ़ापे में कोई पूछनेवाला होगा।''

''तुम सब ठीक कहते हो, ललिता के बाप, पर मुझे डर लगता है। वह इसलिए बेटी माँगते हैं कि हमारी ललिता खूबसूरत है, वरना वर्षों इसी शहर में रहते हो गए, कभी पूछा तक नहीं, पहचाना तक नहीं। हम अपनी चादर देखकर पाँव पसारेंगे। हम वहाँ ब्याह नहीं करेंगे।''

''मुझसे और खाक नहीं छानी जाती। अगर यहाँ नहीं करोगे तो फिर तुम खुद लड़का ढूँढ़ लेना।''

दरवाजे के पीछे खड़ी ललिता, उद्‌भ्रान्त और हैरान, यह सब वार्तालाप सुन रही थी। पन्द्रह वर्ष पार करते-करते ललिता गेंदे के फूल की तरह खिल उठी थी। चंचल और हँसोड़, और माँ-बाप के लाड़ में पली, हर बात में मनमानी करनेवाली—मगर उसका दिल अब भी बन्द कली की तरह अपनी सब इच्छाएँ अपने में समेटे हुए था।

जब माँ-बाप में झगड़ा होता तो वह भ्रान्त-सी उनकी बातों को सुनती रहती, जैसे वह अपने दिल का हाल खुद न जानती हो! जब माँ हाथ जोड़कर कहती कि मैं इस ब्याह के हक में नहीं हूँ तो ललिता का दिल भर आता और वह मन-ही-मन कहती है कि मैं कभी ब्याह नहीं करूँगी, और जब बाप माथा पीटकर कहता कि मेरी जूतियाँ लड़का ढूँढ़ते-ढूँढ़ते घिस गई हैं, बुढ़ापे में हमें पूछनेवाला न होगा, तो ललिता का गला तब भी भर आता और वह चाहती कि अभी ब्याह कर ले और हजारों रुपए लाकर पिता की गोदी में डाल दे। गरीब घर की आज्ञाकारी बेटी, उसका

सारा संसार इस घर की चहारदीवारी में सिमटा हुआ था, और माँ-बाप उस संसार के संचालक थे।

बाबूजी अपनी जगह पर ठीक थे। ठेकेदार की मुनीमी करते-करते उनकी कमर दोहरी हो चुकी थी। दुनिया देख चुके थे। पैसे का प्रताप जानते थे। इस अवसर को कैसे छोड़ देते?

उधर माँ अपनी जगह पर ठीक थी। एक लड़की जो अमीरों के घर में गई तो न मालूम, कभी मुँह भी देखने को मिलेगा या नहीं। जो रायसाहब के घरवालों ने झेल लिया तो ठीक, नहीं तो उस घर की जूती बनके रह जाएगी। अमीरों के घरों में गरीबों की क्या बिसात? और फिर खूबसूरती पर रीझकर ब्याह करनेवाले का क्या विश्वास? न मालूम कैसा है, कौन है!

हफ्ता-भर घर में झगड़ा चलता रहा, फिर सहसा एक रोज झगड़ा बन्द हो गया। बाबूजी घर से निकले तो रोज की तरह बड़बड़ाते हुए घूमने के लिए, मगर लौटे तो पेशानी साफ थी। सीधे जाकर रायसाहब की स्त्री को वचन दे आए थे।

माँ पहले तो रोई, छटपटाई, फिर आँसू पोंछकर बेटी का दहेज सँजोने लगी, और देखते-ही-देखते हफ्ते-भर में ललिता का ब्याह हो गया। रायसाहब के घरवाले आए और ललिता को फूलों और गहनों से लादकर, मोटर में बिठाकर अपने घर ले गए।

रायसाहब की कोठी शहर में बढ़ी-चढ़ी कोठियों में एक थी। बाबू रामप्रसाद के घर से भी उसकी सबसे ऊँची मंजिल की खिड़कियाँ और उसमें लगे रंग-बिरंगे शीशे नजर आते थे। रायसाहब अपने जीवन में यश और धन दोनों कमा गए थे, और उनके स्वर्गवास के बाद घर का संचालन उनके तीन बेटों और प्रौढ़ा स्त्री के हाथ में था। घर के बाहर तीन-तीन मोटरें खड़ी रहतीं, घर-जायदाद लक्ष्मी की दीप्ति में जगमग कर रहा था। रायसाहब के सबसे छोटे बेटे की नजर बीसियों रूप देख चुकने के बाद ललिता पर आ अटकी थी और अब बिना किसी उलझन के फूलों में लिपटी उसके घर पर आ पहुँची थी।

ब्याह के तीसरे दिन बाद जब ललिता मायके आई, तो उसका रूप सँभाले न सँभलता था। छमछम करते गहने, रेशमी कामदार सूट, मुँह पर पाउडर और सुर्खी, हँस-हँसकर ससुराल की वार्त्ता कहने लगी। छतों से लटकते बिल्लौरी लैम्पों से लेकर अपनी जेठानियों के बीस-बीस जोड़े जूतों तक वह गिन गई। उनकी बातें करती जाती और हँसी से लोटपोट होती जाती।

"दोनों काली हैं माँ, काली और मोटी और यूँ मटक-मटकर चलती हैं कि तुम्हें क्या बताऊँ! दिन-भर शीशे के सामने खड़ी रहती हैं। और सास? सास सारा दिन पलंग पर बैठी, उर्दू के नावलें पढ़ती रहती है। रोज क्लब जाती है। और वह? वह तो कहीं पर नहीं जाते, दिन-भर मेरे पास बैठे रहते हैं और माँ, बड़ी जेठानी तो सिगरेट भी पीती हैं, दोनों जेठानियाँ शाम को क्लब में जाती हैं।"

"तू भी क्लब जाती है?"

"हाय, मैं तो कभी न जाऊँ! मैं तो उनको भी नहीं जाने दूँगी। तुम्हें मालूम है, क्लब में सब जुआ खेलते हैं, और शराब पीते हैं?"

"वह भी पीते हैं?"

"मुझे नहीं मालूम। शायद वह नहीं पीते। मगर उनके भाई पीते हैं।"

"वह पीते होते तो तू क्या करेगी?"

"वाह, करूँगी क्यों नहीं! मैं झट छुड़वा दूँगी। मैं जैसा कहूँ, वह करते हैं।"

ललिता हँसती हुई चली गई।

अब की गई ललिता फिर लौटकर नहीं आई। तीन महीने बीत गए। माँ-बाप यूँ तो निश्चिन्त थे, मगर बेटी को मिलने के लिए जी तड़पने लगा। दो-एक बार बाबूजी उसे लिवाने गए, मगर ससुरालवालों ने आने नहीं दिया। बाबूजी समझ गए कि समधियों का सम्बन्ध शादी तक था। उन्हें ललिता से मतलब था, न कि उसके माँ-बाप से। बात भी ठीक थी। भला ऊँचे घर की बहू-बेटियाँ गलियों में जाकर बैठती हैं?

शाम का वक्त था। लैम्प जल चुके थे। माँ चौके में अँगीठी के सामने बैठी आग ताप रही थी, जब दरवाजे पर नजर उठाकर देखती है, ललिता सामने खड़ी है। न बदन पर गहने, न रेशमी कपड़े, सुहाग की चूड़ियाँ तक न थीं, मुर्झाया हुआ चेहरा, हाथों में एक छोटी-सी गठरी उठाए, वह एक स्वप्न की तरह सामने आ खड़ी हुई। माँ भौंचक्क उसके मुँह की ओर देखने लगी।

और दूसरे क्षण ललिता माँ की छाती से लिपटकर फफक-फफककर रोने लगी, "मैं अब वहाँ नहीं जाऊँगी माँ, वहाँ से भाग आई हूँ।"

माँ का दिल धक्के से बैठ गया और उसकी आँखों के सामने अँधेरा छाने लगा।

"ऐसा नहीं कहते बेटी, शुभ-शुभ बोल! क्या बात हुई है?"

और ललिता ने सिसकियाँ लेते हुए अपनी कहानी कह सुनाई।

मालूम हुआ कि बेटी बस नहीं पाई। लड़का शराबी और वेश्यागामी निकला। शादी के महीना-भर बाद ही ललिता से ऊब उठा और आवारा औरतों के साथ फिर से घूमने लगा। इधर लड़के की आँख फिरी नहीं कि घरवालों ने भी जूते चलाने शुरू कर दिये। ललिता को रोज गालियाँ पड़ने लगीं। जेठानियाँ उसे कंगाल की बेटी कहतीं, सास कलमुँही और कुजात कहती, इसके सामने बेटे को दूसरी बहू लाने को कहती। घर के नौकरों तक ने पूछना छोड़ दिया।

ललिता सब कुछ सहती रही मगर आज जब उस पर चोरी का इल्जाम लगाया गया तो वह सह न सकी। बड़ी जेठानी के गले का हार खो गया था, उसने ललिता को आ पकड़ा। ललिता लड़ पड़ी। जो मुँह में आया, ललिता ने कहा, और फिर एक-

एक गहना फेंक, उस घर के रेशमी कपड़े उतार, यहाँ तक कि सुहाग की चूड़ी तक फेंक-तोड़कर वहाँ से भाग आई।

''मैं उस घर में कभी नहीं रहूँगी, माँ, कभी नहीं रहूँगी। मैं अपने घर में रहूँगी, तुम्हारे पास।''

और ललिता, माँ की छाती के साथ सटकर, बच्चों की तरह खोई हुई सान्त्वना पाने लगी।

''तुम ठीक कहती थीं माँ। बाबूजी ने क्यों मुझे उस घर में ब्याह दिया? मैं अब वहाँ कभी नहीं जाऊँगी।''

माँ की छाती से लिपटी ललिता की साँस अभी अपनी गति पर आई भी न थी कि माँ ने कहा, ''हत् पगली, शुभ-शुभ बोल! यूँ भी कहीं हुआ है? मालिक के घर से निकलकर भी कोई औरत कभी सुखी हुई है? यूँ घबरा जाएगी तो आगे क्या होगा?''

ललिता उस परिन्दे की तरह छटपटाती हुई घर आई थी जिसे पहली उड़ान में ही किसी ने जख्मी कर डाला हो, और वह उड़ता, गिरता, अपने नीड़ में आश्रय खोजता हुआ, लौट आया हो। मगर माँ का वाक्य सुनकर वह हैरान-सी हो गई, और माँ का मुँह देखने लगी।

''अब तो बुरा है तो भी, और अच्छा है तो भी, वही तेरा घर है। जो औरत अपने मालिक के साथ नहीं रहती, वह दो कौड़ी की हो जाती है। हमारी बिसात क्या है? तुझे ढाँपकर उन्होंने रखा हुआ है, क्या यह थोड़ी बात है? फिजूल की तड़पन मन में न ला, आप भी न रो और हमें भी न रुला।''

ललिता का सारा शरीर जैसे पथरा गया। वही माँ जो ललिता को उस घर में ब्याहना भी न चाहती थी, और जिसके आश्रय पर ललिता भागती हुई अपने घर लौट आई थी, वही माँ इतनी जल्दी बदल सकती है, ललिता को विश्वास न होता था।

ललिता को व्याकुल देखकर माँ ने उसकी पीठ सहलाते हुए कहा, ''सब्र कर। सन्तोष से ही रहेगी तो एक दिन वहाँ राज करेगी। तू तो इतनी समझदार है। लड़कियों को अभिमान नहीं सुहाता—लड़कियों को सब्र-सन्तोष ही सुहाता है। तुझे उस घर में उम्र काटनी है, बेटी, एक दिन की तो बात नहीं है।''

माँ कहती गई और बेटी यों जानने लगी, जैसे उसे कोई बहते दरिया में धकेल रहा हो और उसे कह रहा हो, कि अब किनारे पर तू नहीं आ सकती। जो बचना हो तो लहरों के सहारे अपने-आपको छोड़ दे।

माँ फिर बेटी की पीठ थपथपाती हुई बोली, ''अपने मालिक की सेवा कर। सेवा से तो भगवान भी वश में आ जाते हैं। उसके लिए थाली खुद परोसा कर। जब लौटकर आए तो उसका हाथ-मुँह खुद धुलाया कर। नौकरों पर नहीं छोड़ा करते।'' फिर बेटी के कान के पास मुँह ले जाकर माँ बोली, ''कोई बाल-बच्चा तेरे हो जाए तो तेरा मन लग जाएगा। कोशिश कर जो तेरी गोद जल्दी भर जाए।''

ललिता का सारा शरीर भय से सिहर उठा। उसने फिर बड़ी याचना-भरी आवाज में माँ को कहा, "यह क्या कहती हो माँ, अब यहाँ से नहीं जाऊँगी। मैं अपने घर में रहूँगी। वहाँ मुझे चोर कहते हैं, मेरा अपमान करते हैं।"

"हत् पगली, बच्चों की-सी बातें नहीं करते! लड़कियाँ भी कभी अभिमान करती हैं? उधर से मन हटा लिया तो मिट्टी की होके रह जाएगी, कोई पूछेगा भी नहीं।"

बाहर अँधेरा बढ़ रहा था, माँ का मन और भी चिन्तित और शंकित हो उठा।

"तू भागकर क्यों आई है? घर में किसी को बताकर नहीं आई?"

"नहीं माँ, उस वक्त घर में कोई नहीं था। मैं भागकर निकल आई।"

"यह तूने बहुत बुरा किया। अँधेरा बढ़ रहा है, तू सीधी घर पर लौट जा। अगर वह नहीं चाहते कि तू बाहर आया करे तो तू मत आया कर। इसी में तेरी भलाई है।"

ललिता पहले तो एकटक माँ के चेहरे को देखती रही, फिर धीरे से अपनी गठरी उठाकर घर के बाहर निकल आई।

माँ आधे रास्ते तक उसके साथ आई। उसके बाद छलकती आँखों से, भाग्य के इस झुटपुटे में अपना रास्ता टटोलती हुई ललिता सुसराल वापस जाने लगी।

जब वह ससुराल से भागकर आई थी तो यह निश्चय करके कि अब लौटकर नहीं आऊँगी, पर अब लौटते हुए कोई उसके मन पर जलती शिखा से यह अंकित कर देना चाहता था कि जिसकी ससुराल नहीं है, उसके मायके भी नहीं होते। जो ससुराल में नहीं रह सकेगी, उसके लिए मायके के भी द्वार बन्द हो जाएँगे।

उसके चले जाने के बाद कुछ रोज तो माँ-बाप ने बड़ी घबराहट में गुजारे कि कहीं रायसाहब के घर से ललिता को निकाल ही न दिया जाए, मगर जब तीन-चार रोज बीत गए और ललिता लौटकर न आई तो माँ-बाप ने आश्वासन की साँस ली।

ललिता ने की तो भूल थी, मगर शायद वक्त पर घर पहुँच गई, किसी को मालूम नहीं पड़ा। छोटी-सी बच्ची, जल्दी घबरा गई, मगर कभी घबराने से यूँ काम चलता है? वहाँ से आ जाती तो किसके टुकड़ों पर रहती? एक दिन की बात नहीं, लम्बा जीवन काटना है। माँ-बाप कितने दिन के मेहमान हैं? और जब छोटे भाई का ब्याह हो गया तो वह अपने बाल-बच्चों को सँभालेगा या ललिता को? उधर बैठी है, खाने-पहनने को तो मिलता है! बस, यही बहुत है, बाकी बातों पर तो भाग्य का बस है, किसी का क्या बस चलेगा।

दिन कटने लगे। ललिता के लिए कोठी के सब दरवाजे फिर बन्द हो गए। माँ कहने को तो कह गई, और लड़की को वापस ससुराल में भी भेज दिया, मगर उसका दिल अन्दर-ही-अन्दर छटपटाने लगा। कोई दुःख होता है जो क्रोध और कलह को जन्म देता है और उसकी आग में भस्म हो जाता है, पर कोई दुःख ऐसा भी होता है जो मूक अवसाद का रूप लेकर, अन्दर-ही-अन्दर जीवन को खोखला

करने लगता है, जीवन की सब आशाओं को चाटने लगता है। इसी अवसाद की गहरी छाया में माँ-बाप के दिन कटने लगे।

बाबूजी की कमर फिर दोहरी होने लगी, और माँ के रहे-सहे बाल भी सफेद हो गए; और चेहरा पिचक गया। माँ रात को छत ताकती हुई कहती, जो अब बेटी घर आ जाए तो उसे छाती से लगाकर रखूँगी, उस जलते कुंड में से उसे निकाल लूँगी, जीते जी उसे आँच न आने दूँगी। पर जब दिन की रोशनी में दुनिया के कठोर सत्य स्पष्ट नजर आने लगते तो मन मार के कहती : जहाँ बैठी है, वहीं ठीक है। उन्होंने घर में जगह तो दी है, निकाल तो नहीं दिया!

मगर दिलासों से दिल के घाव कब भरते हैं ? माँ-बाप बेचैन हो उठते। कोठी की ऊँची-ऊँची दीवारों के पीछे बेटी के दिन कैसे कटते होंगे, उसे कोई पूछता भी है या नहीं कि सबकी दुत्कार ही सहती है, खाने-पहनने को भी मिलता है या नहीं। मासूम बेटी आसरा लेने आई और माँ ने धकेल के बाहर निकाल दिया। और अब तो उसकी सूरत भी देखने को न मिलती थी। बाबूजी लुक-छिपकर छह-छह चक्कर उस कोठी के लगाते कि कहीं किसी खिड़की में या दरवाजे में ललिता की झलक मिल जाए। अन्दर जाते हुए उन्हें डर लगता था। कहीं कोई मोटर गुजरती हुई देखते तो आँखें फाड़-फाड़कर उसके अन्दर झाँकते।

और इसी यातना में तीन वर्ष बीत गए।

शाम का वक्त था। सर्दी का धुँधलका चारों ओर छाया हुआ था। बाबूजी अभी बाहर से नहीं लौटे थे। छोटा लड़का साथवाले घर में पढ़ने गया हुआ था, और माँ चूल्हे के पास, दीवार से सिर टिकाए चुपचाप बैठी थी जब दरवाजे पर दस्तक हुई।

माँ ने उठकर दरवाजा खोला तो सामने ललिता खड़ी थी। माँ को जैसे बिजली छू गई । लपककर उसे छाती से लगा लिया।

"ललिता, तुम ?"

ललिता हँसती हुई अन्दर आ गई। वही अल्हड़ चंचल हँसी जिससे इस घर की दीवारें परिचित थीं। ललिता की देह पहले से तनिक स्थूल हो गई थी, आँखों के नीचे हल्की-हल्की झाइयाँ थीं, पर ललिता स्वस्थ थी, पहले-सी सुन्दर थी, और बदन पर रेशमी कपड़े और छम-छम करते गहने पहनकर आई थी।

"ललिता, तुम कैसे चली आईं ?"

"बस, आ गई। अब कभी-कभी आ जाया करूँगी। बाबूजी कहाँ हैं ?"

"अभी आते होंगे। तीन वर्ष के बाद आज तेरी सूरत देखी है बेटी!"

माँ बेटी को देखकर विह्वल हो उठी। बार-बार उसकी पीठ सहलाती, छाती से लगाती, चिबुक पकड़कर बार-बार उसका मुँह देखती।

"अब कभी-कभी आ जाया करूँगी। अब मैंने एक तरकीब ढूँढ़ निकाली है।"

"क्या तरकीब निकाली है ललिता, मेरी बेटी! वह तरकीब पहले क्यों नहीं निकाली?"

"घर में एक पुराना नौकर है, अब मैंने उसे हाथ में कर लिया है। उसे दो-चार रुपए कभी-कभी दे देती हूँ। मेरा काम कर देता है। आज भी उसे पाँच रुपए देकर आई हूँ। सब लोग बाहर गए हुए हैं, चुपके से चली आई।"

"यह तरकीब पहले क्यों न ढूँढ़ निकाली?"

"पहले मेरे पास पैसे ही कब थे?"

"अब पैसे कहाँ से आ गए ललिता?"

"वाह, अब मैंने इसकी भी तरकीब ढूँढ़ निकाली है। अब वह रात को लौटते हैं तो शराब के नशे में होते हैं। जब वह सो जाते हैं तो चुपके से उनके बटुए में से दस-पाँच रुपए निकाल लेती हूँ, उन्हें कुछ भी पता नहीं चलता। पहली बार मैंने पाँच का नोट निकाला तो ऐसा डरी, ऐसा डरी कि तुम्हें क्या बताऊँ। मगर दूसरे दिन चुपचाप कपड़े पहनकर काम पर चले गए। उन्हें कुछ भी मालूम नहीं पड़ा।"

"और जो नौकर ने किसी दिन बतला दिया तो?"

"वह कैसे बतलाएगा? बतला दे, मैं कहूँगी, मैंने नहीं दिये। मेरे पास हैं ही कहाँ जो दूँगी!"

ललिता की बात में फिर से पहली-सी चंचलता आ गई थी।

मगर माँ एकटक उसके चेहरे को देखे जा रही थी। उसका दिल व्याकुलता और ममता दोनों से बार-बार छटपटा रहा था।

ललिता ने माँ की कोन्दी पकड़कर बड़े आग्रह से कहा, "मेरा एक काम करोगी माँ, मैं जल्दी में हूँ।"

"क्या है बेटी, मैं क्यों नहीं करूँगी?"

"पहले कहो कि कर दोगी, छोटा-सा काम है, बिलकुल छोटा-सा।"

"कहो न ललिता, मुझे तड़पाती क्यों हो? अभी तक मैं तेरे किसी काम नहीं आई, तू समझती है, अब भी तेरा काम नहीं करूँगी?"

और ललिता अपने हाथ में पकड़ा एक छोटा-सा रेशमी रूमाल खोलने लगी। रूमाल खोलकर ललिता ने उसमें से एक छोटा-सा चमकता हुआ सोने का गोल पैसा जितना टुकड़ा निकालकर माँ के आगे बढ़ाया।

"इसे अपने पास रख लो। यह मेरे हार का पैंडेंट है। जब कभी वह मुझे क्लब ले जाते हैं तो मेरी सास मुझे जेवर पहनने को देती है, लौटकर आती हूँ तो वापस ले लेती है। कल रात आई तो नशे में थे, मैंने झट से पैंडेंट उतार लिया और गहने वापस कर दिये। यह तुम लो माँ। मैं धीरे-धीरे कई चीजें लाकर तुम्हें दूँगी। उनकी जेब से तो दो-चार रुपए रोज ही निकाल लेती हूँ। इन्हीं पैसों से तो यह सूट बनाया है। है न अच्छा? सच्ची, विलायती क्रेप है।"

माँ चुप हो गई। यह वही ललिता थी जिसे कभी कह दो कि तुमने झूठ बोला है तो दो-दो दिन खाना न खाती थी।

''अगर उन्हें मालूम हो गया ललिता कि तुमने चोरी की है तो?''

''मैं ऐसी कच्ची नहीं हूँ माँ, ले लें मेरी तलाशी। मेरे पास होगा तो लेंगे। नहीं, लेंगे कहाँ से?''

माँ ने चुपचाप पैंडेंट ले लिया।

''हाय, शुक्र,'' ललिता बोली, ''मुझे डर था जो तुमने ना कर दी तो मैं कहाँ जाऊँगी, पर तुम तो मेरी सच्ची माँ हो, तुम क्यों इनकार करोगी!'' फिर माँ के कान के पास मुँह ले जाकर बोली, ''वहाँ सब अपना-अपना सोना सँभाल रही हैं, भाइयों में रोज लड़ाई होती है। माँ, मेरी सास ऐसी डायन है, छोटी जेठानी का उसने गर्भ गिरवा दिया, ताकि उसके बेटा नहीं हो। बड़े बेटे का साथ देती है।''

माँ सिहर उठी। जो आज जेठानी के साथ हुआ है तो कल ललिता के साथ भी हो सकता है।

माँ व्याकुल हो उठी और बड़ी अधीर होकर बोली, ''ललिता, तू उस नरक में से निकल आ। मेरे पास आ जा। और नहीं तो नौकरी कर लेना, भाई के साथ रहती रहना। जैसा होगा, रूखी-सूखी खा के गुजारा कर लेंगे।''

ललिता क्षण-भर के लिए चुप हुई, फिर कमरे, जीर्ण-शीर्ण दीवारों को देखती हुई, जिसमें चूल्हे के धुएँ से दम घुट रहा था, और छत में चिड़ियों ने घोंसले बना रखे थे, देखती हुई उसी चंचलता में बोली, ''यहाँ मैं आकर क्या करूँगी? यहाँ है क्या माँ?''

माँ के दिल पर जैसे किसी ने हथौड़े की चोट की हो। स्तब्ध और मूक, वह बेटी के मुँह को देखने लगी।

ललिता अब भी अपने भविष्य के ताने-बुने जा रही थी, ''इसे तुम रख लो। मैं तुम्हें और भी लाकर दूँगी। बाजार में इतनी अच्छी जार्जेट आई है। मैं इन्हीं पैसों से लूँगी। कभी-कभी उनका मन आ जाए तो वह मुझे बाहर ले जाते हैं। एक बार सोने की घड़ी ले दी थी। मगर वह दूसरे ही दिन फिर हमसे छीनकर ले गए और क्लब में किसी लड़की को दे आए। अबकी बार ले दें तो मैं तुम्हें दे जाऊँगी, कहूँगी, खो गई है, किसी नौकर ने उठा ली होगी, मैं क्या जानूँ?''

और ललिता हँसने लगी।

''क्लब में जब कोई पार्टी हो तो क्लब वाले बीवियों को भी साथ बुलाते हैं। तब तो इन्हें साथ ले जाना ही पड़ता है। अबकी बार बम्बई से जो एक्टर आएँगे, उनकी पार्टी होगी। माँ, तुमने एक्टर देखे हैं?''

''नहीं ललिता, मैंने एक्टर नहीं देखे।'' भर्राई हुई आवाज में माँ ने जवाब दिया।

''मगर इनका क्या मालूम ? जो मन में आवे तो ले जाएँ और जो न आवे, तैयार बैठी को छोड़ जाएँ। मैं कहूँगी, मैंने एक्टर जरूर देखने हैं, एक बार ले जाओ, फिर जाने को नहीं कहूँगी।''

फिर सहसा ललिता उठ खड़ी हुई।

''अब जाऊँगी माँ, देर हो रही है। तुम इसे सँभालकर रखना।''

और जिस तरह भागती हुई आई थी, उसी तरह भागती हँसती हुई लौट गई।

और ललिता की माँ क्षोभ और संताप दोनों में फिर डगमगाने लगी। ललिता कैसी सुसराल में हिलमिल गई है मगर मेरी पहली ललिता तो इसमें ढूँढ़े भी नहीं मिलती।

अकाल मृत्यु

सायंकाल की बढ़ती छाया और मनुष्य के बीते दिनों में एक अनूठा सम्बन्ध है। ज्योंही रात के साए अपना अँधियारा आँचल फैलाए सृष्टि पर उतरने लगते हैं, अतीत की स्मृतियाँ जाग उठती हैं। बुझी हुई आशाएँ, भूले हुए दिन, विस्मृत सौन्दर्य और संगीत—एक-एक करके सभी हाथ पसारे अपनी अकाल मृत्यु को न मानते हुए मन की अतल गहराइयों में से उठने लगते हैं, और मनुष्य का मन एक गहरे विषाद और अनुराग में डूबने-उतराने लगता है। शायद इसीलिए समझदार, क्रियाशील लोग शाम के वक्त घरों में नहीं बैठते, बाहर निकल जाते हैं, ताकि अतीत के इस विकट साक्षात् से बचे रहें।

पर धनराज की शाम सदा घर पर ही बीता करती। अतीत की गहराइयों में खोए रहने में उन्हें एक विशेष सुख मिलता। अँधेरा होते ही वह अपने कमरे में आ बैठते और गहरी रात गए तक वहीं बैठे रहते। उनके लिए सबसे अधिक हृदय-विदारक और हृदयग्राही स्मृति उनकी स्वर्गगता पत्नी थी जो पन्द्रह वर्ष पहले हँसते-खेलते एक दिन अदृश्य में विलीन हो गई थी। उसकी याद उन्हें भुलाए न भूलती थी। कमरे की अँगीठी पर अब भी उसका चित्र रखा था। उस नारी की सौम्य, सुन्दर, शान्त मुद्रा के इर्द-गिर्द अतीत का एक संसार बसा हुआ था। इस चित्र के सामने धनराज कितनी-कितनी देर तक सिर झुकाए खड़े रहते, उनकी आँखें सजल हो उठतीं और दिल रो-रो उठता था। बार-बार कहते, 'जो तू आज जिन्दा होती, अनुराधा, तो मैं जीवन में परास्त न हो जाता, मैं यों भटकता न फिरता। अब मेरी जीवन-यात्रा कितनी कठोर और बीहड़ हो उठी है!'

यों धनराज अकेले न थे। वकालत थी। समाज के बहिर्मुखी धन्धे थे, परिवार था; पर उस जीवनदायिनी प्रेरणा के बिना सब जड़ था, रसहीन, प्रयोजनहीन। उनके जीवन का जो असली ध्येय था, वह उसे भूल चुके थे। उसे पूरा करने को जैसे उनमें शक्ति नहीं रही थी।

जब इन बीते दिनों की याद असह्य हो उठी, तो धनराज ने दूसरा विवाह कर लिया। पर तो भी वह अनुराधा को न भूल पाए। ज्यों-ज्यों समय गुजरता गया, अनुराधा की

याद उतनी ही तीव्र होने लगी। आखिर धनराज ने मदिरा का आश्रय लिया। अपने कमरे के बन्द दरवाजों के पीछे वह शराब के प्यालों में अपने आँसू डुबोने लगे। पर शराब भी तो अतीत की सेविका है, स्मृतियाँ भूलने की बजाय और सजीव हो उठतीं। उस पर सिगरेट के हल्के-हल्के धुँधलके में वर्तमान की स्पष्टता और भी धुँधली पड़ जाती, और धनराज घंटों अतीत के दृश्यों में घूमते रहते।

फिर एक दिन एक आकस्मिक घटना घटी, जिसकी धनराज को कभी आशा न हो सकती थी। एक शाम वह अपने कमरे में बैठे गहरे विषाद में डूबे हुए थे कि किसी ने हल्के-से दरवाजा खटखटाया। धनराज ने ध्यान से सुना। थोड़ी देर बाद दरवाजे पर फिर हल्की-सी दस्तक हुई। धनराज उठकर दरवाजे की ओर जाने ही वाले थे कि धीरे से दरवाजा खुला और उनकी विस्मित आँखों के सामने अनुराधा अन्दर आ खड़ी हुई। कमरे में अँधेरा बढ़ रहा था, पर अब भी इतनी रोशनी थी कि अनुराधा का चेहरा पहचाना जा सके। धनराज स्तब्ध और हैरान उसके चेहरे की ओर कितने ही क्षण देखते रह गए, और फिर अपने रुँधे गले का उन्माद दबाते हुए दोनों बाँहें फैलाए उठ खड़े हुए।

''अनुराधा, तुम ?''

अनुराधा मुस्कुराती हुई धीरे-धीरे आगे बढ़ आई। अनुराधा ही तो थी! वही स्थिर मन्थर गति, आँखों से वही अकथनीय ज्योति, वही विश्वास, वही प्रेम की अनन्त सूचना, होंठों पर वही सदा खेलती हुई मुस्कान!

''अनुराधा, क्या मैं स्वप्न देख रहा हूँ ?''

अनुराधा पास आ गई। मुस्कुराती हुई बोली, ''क्या तुम्हें अब भी विश्वास नहीं आया ? क्या तुम अभी तक मुझे पहचान नहीं पाए ?''

धनराज का हृदय धक-धक करने लगा, जैसे विस्मय और उल्लास से टूटा जाता हो। उन्होंने अनुराधा का हाथ अपने हाथों में ले लिया—वही श्वेत तरुण हाथ जिसमें किसी समय उनके प्राण सिमट आते थे। अनुराधा के हाथ में अब भी वही हीरे की अँगूठी थी, जो उन्होंने अपने विवाह की पहली वर्षगाँठ पर अनुराधा को उपहार-रूप में दी थी। अनुराधा को उनका रोम-रोम पहचानने लगा। पुनर्मिलन की उत्तेजना में धनराज का गला बार-बार रुँध जाता। वाक्य मुँह को आते पर काँपते होंठों पर टूट के रह जाते। मूक और आकुल वह बार-बार अनुराधा का हाथ अपने होंठों और आँखों को लगाने लगे।

''तुम सचमुच समझे बैठे थे कि मैं मर गई ? पर इसमें तुम्हारा क्या दोष ? तुम तो अपनी तरफ से मुझे जला आए थे। पर मैं मरी नहीं—मैं जीवित हूँ, मैं आज तक जीवित हूँ।''

''अनुराधा, तुम क्या कह रही हो ? मैं स्वयं तुम्हारी मृत देह को आग को अर्पण कर आया था।''

अनुराधा के होंठों की मुस्कान क्षीण होते-होते लुप्त हो गई, और उसकी आवाज गहरी और गम्भीर हो उठी, ''तुमसे भूल हुई। वह मैं न थी जिसे तुम जला आए थे। वह तो मेरी साथिन थी, जो मेरे साथ नाव में सैर को गई थी।''

''तुम क्या कहती हो, अनुराधा?''

''मैं ठीक कहती हूँ। वह अचला थी—मेरी साथिन। उसने भी सफेद कपड़े पहन रखे थे। जब नाव डूबी तो मेरे प्राण बच गए, मगर वह डूब गई। तुम उसका चेहरा कैसे पहचान सकते थे। उसकी सारी देह नीली और सूजी हुई होगी।''

धनराज अवाक् उसके चेहरे को देखने लगे। क्या सचमुच उनसे भूल हुई थी?

''मैं ठीक कह रही हूँ। शाम के वक्त मैं और मेरी सहेली नाव में घूमने के लिए निकले थे। मैंने तुम्हें बार-बार कहा था कि तुम भी साथ चलो, मगर तुम नहीं आए। नाव में अँधेरा हो गया, और झील में लहरें उठने लगीं। नाव वाले ने बहुत समझाया कि लौट चलो, मगर अचला नहीं मानी। बार-बार यही कहती कि झील में खड़े द्वीप तक जरूर जाएँगे। माझी एक बार नाव मोड़ने लगा तो वह झट से नाव में भागती हुई माझी को रोकने के लिए दौड़ी। लहरों के थपेड़ों में नाव उलट गई, और हम सब पानी में गोता खाने लगे।''

''फिर? फिर अनुराधा? फिर क्या हुआ?''

''फिर मुझे कुछ मालूम नहीं। मैंने अपनी सहेली की चीखें सुनी थीं। अँधेरा बहुत था और आकाश में डोलते-डूबते तारों के सिवा मुझे कुछ नजर न आता था। फिर न मालूम, कब वह भी आँखों से ओझल हो गए। जब मैंने आँख खोली तो एक पेड़ के नीचे पड़ी थी, और एक कुरूप-सा आदमी मेरे ऊपर झुका हुआ था। यह कुरूप-सा आदमी पहले भी मैंने नाव में बैठे देखा था—नाव के एक सिरे पर चुपचाप अपना काला मुँह छिपाए पानी की ओर देखता हुआ बैठा था। न मालूम वह कौन था! उसी ने मुझे बताया कि मेरी साथिन डूब गई है, और उसका दाहकर्म भी हो चुका है। और कहने लगा कि मैंने तेरी जान बचाई है, अब मैं तुझे कहीं न जाने दूँगा। मैं बहुत रोई-चिल्लाई, मगर उसने एक न सुनी। मैं उससे डरने लगी। आखिर लाचार हो गई। न मालूम इसके बाद किन-किन देश-देशान्तरों में मैं घूमती, भटकती, चक्कर काटती फिरी हूँ।''

''वह आदमी कहाँ है, अनुराधा?''

''एक रोज वह मुझे छोड़कर कहीं चला गया। मुझे नहीं मालूम, वह कहाँ गया है, मगर वह अब नहीं आएगा। मैं बहुत थक गई हूँ।'' और अनुराधा ने अपना सिर धनराज के कन्धे पर रख दिया।

बड़ी देर तक दोनों चुपचाप, हाथ में हाथ रखे, एक-दूसरे की पार्श्वता से जीवनत्राण पाते रहे। कमरे का प्रकाश धीरे-धीरे और भी क्षीण हो रहा था।

''तुम मेरे बिना व्याकुल थे—मैं जानती हूँ। मैंने तुम्हें बहुत दुखी रखा।'' अनुराधा ने धीरे से कहा।

''हाँ, अनुराधा, तुम्हारे बिना जीवन की एक घड़ी भी न कट पाती थी। मगर यह तुम्हें कैसे मालूम हुआ?''

''क्या मैं तुम्हारे दुःख को नहीं जानती? मैं कई दिनों से हर शाम तुम्हारी खिड़की से बाहर आ खड़ी होती हूँ। मैं जानती हूँ, तुम कितने व्याकुल रहते हो।''

धनराज का गला भर आया। उनकी आँखों में आँसू उमड़ आए। उन्होंने अनुराधा के दोनों हाथों को कलेजे से लगाते हुए कहा, ''अनुराधा, तुमने आज मेरी सुधि ली? इतने वर्षों के बाद आज तुम्हें मेरी याद आई?''

अनुराधा की आँखें ममता और प्रेम से सजल हो उठीं।

''मैं जानती हूँ, तुम कितने अकेले और बेचैन रहते हो। मैं तुम्हें एक दिन के लिए भी अपने से अलग न होने दूँगी। मैं अब आ गई हूँ। हम फिर से यौवन का टूटा बन्धन जोड़ लेंगे, और इसी मिलन-क्षण से फिर से अपना जीवन शुरू करेंगे।''

''हाँ, अनुराधा, हाँ!''

धनराज उन्मत्त बालक की भाँति अनुराधा का एक-एक शब्द सुन रहे थे। अनुराधा का प्रेम-भरा हाथ उनके सिर को थामे हुए था।

अनुराधा कहे जा रही थी, ''इसी कमरे को मैं फिर से सजा दूँगी। यही मेरा घर है। यहीं पर हम अलग हुए थे, यहीं पर अब हम फिर मिले हैं। मैं फिर से तुम्हारे रहने योग्य बना दूँगी। मैं यहाँ नए पर्दे लटकाऊँगी। इस खिड़की के बाहर मैं फिर से फूल लाकर रखूँगी। पहले फूल तो सूखकर ढेर हो गए होंगे?''

''हाँ, अनुराधा,'' धनराज ने क्षीण आवाज में कहा।

''मैं सोचती थी, कौन तुम्हारे कपड़ों में बटन लगाता होगा! कौन तुम्हारे पीछे भाग-भागकर तुम्हारी चीजें तुम्हारी जेबों में ठूँसता होगा! कौन तुम्हारे कपड़े समेट-समेटकर रखता होगा! तुम तो निरे बालक थे।''

धनराज को रोमांच हो आया। उद्विग्न, कम्पित स्वर में बोले, ''मैं अब भी जीवन में कुछ कर दिखाऊँगा, अनुराधा। तुम्हारे आ जाने से मेरी सूखी हुई भावनाएँ फिर से सरस हो उठेंगी। तुम नहीं जानतीं, मैं कितना भटक गया हूँ।''

''हाँ, मैं जानती हूँ। इसी दुःख से खिंची हुई मैं तुम्हारे पास चली आई हूँ। अब मैं तुम्हें कभी दुखी न होने दूँगी। तुम्हें याद है, जब हम दोनों एक साथ काम करने जाया करते थे : एक थैला तुम कन्धे पर लटकाए हुए, एक मैं लटकाए हुए। तुम्हारे थैले में कागज और किताबें और मेरे थैले में खाने का सामान?''

''हाँ, अनुराधा, क्या मैं वे दिन भूल सकता हूँ?''

''तुम्हारी बातें सुनकर उन लोगों की आँखें कैसे चमक उठती थीं, उनमें कैसा विश्वास और भविष्य की आशाएँ छलक आती थीं! हम कितने सुखी थे! घर से

निकलते थे तो भी हँसते हुए और थककर लौटते थे तो भी हँसते हुए—उन्हीं की बातें करते हुए।''

''अनुराधा, जब से तुम गई हो, मैं शून्य में जी रहा हूँ। मैं कभी उन लोगों की ओर तक नहीं गया। तुम नहीं जानतीं, मैं कितना अकेला हो गया था।''

''हम फिर से उनके प्रेम में अपना प्रेम पाएँगे। भला अकेले में भी कभी कोई सुखी रह सकता है!''

धनराज सजल नेत्रों से अनुराधा के चेहरे को देखते रहे।

अनुराधा सहसा कहने लगी, ''हम फिर पहले की तरह रहेंगे। साथवाले कमरे को सोने का कमरा बनाएँगे। उस कमरे में अब भी दो पलंग हैं न?''

इस पर धनराज संकुचित होकर चुप हो रहे। उनके माथे पर हल्के-हल्के पसीने के कण इकट्ठे हो आए। फिर धीमी सी आवाज में बोले, ''वह कमरा खाली नहीं है, अनुराधा।''

''खाली नहीं? क्यों? क्या वहाँ कोई रहता है?''

''वह कमरा शकुन्तला के पास है।''

''शकुन्तला कौन है?''

''अनुराधा, मैंने तुम्हारे चले जाने के बाद दूसरा ब्याह कर लिया था। शकुन्तला मेरी पत्नी है।''

''ब्याह कर लिया था?'' बड़ी देर तक अनुराधा की आँखें धनराज के चेहरे को देखती रहीं। धनराज को ऐसे लगा, जैसे उन आँखों का स्थिर हिमस्पर्श उनकी आत्मा को निरुद्ध कर देगा, उनके सारे शरीर को निर्जीव और गतिहीन कर देगा।

''तुम्हारे चले जाने के बाद जीवन सुनसान हो उठा था, अनुराधा। इस शून्य में रहता तो पागल हो जाता। तुम्हारी याद को कायम रखने के लिए मैंने दूसरा विवाह कर लिया।''

देखते-ही-देखते अनुराधा के चेहरे पर फिर वही स्निग्ध मुस्कान खेलने लगी। उसकी आँखें सजल हो उठीं, और उसका चेहरा फिर पहले की तरह उद्दीप्त हो उठा।

''तुमने ठीक ही तो किया। मैं तो तुम्हारे लिए मर चुकी थी। तुमने तो अपनी गृहस्थी बसानी थी। शकुन्तला कैसी है? क्या तुम उसके साथ सुखी हो?''

''मैं सुखी कैसे हो सकता हूँ, अनुराधा?''

''क्यों? क्या वह अच्छी नहीं है?''

''अच्छी है, अनुराधा। पर मैं उसे प्रेम तो नहीं करता। मेरी आत्मा में वह तुम्हारा स्थान तो नहीं ले सकती। मेरा सब प्यार तो तुम ले गई थीं। मेरे हृदय में प्यार था ही कहाँ जो मैं किसी दूसरे को दे पाता?''

अनुराधा चुपचाप सुनती रही, फिर बोली, ''क्या वह तुम्हें प्रेम करती है?''

''मैं नहीं जानता, अनुराधा। उसने कभी कोई शिकायत नहीं की।''

"तो क्या तुम इकट्ठे नहीं रहते हो?"

"नहीं अनुराधा। मैं कई-कई रोज तक उससे मिलता तक नहीं हूँ। हमारे कमरों के बीच का दरवाजा अक्सर बन्द रहता है।"

अनुराधा बड़ी देर तक स्थिर दृष्टि से धनराज के चेहरे की ओर देखती रही, जैसे उनकी आत्मा की गहराइयों को छूना चाहती हो।

धनराज बोले, "अब तुम लौट आई हो, अनुराधा। तुम्हारे लौट आने पर मेरा रोम-रोम पुलकित है। तुम्हारे बिना मैं जीते हुए भी मरा हुआ था, संज्ञाहीन था। तुम मेरा विश्वास हो, अनुराधा, तुम मेरे जीवन की प्रेरणा हो।"

"यह तुम क्या कह रह हो? मैं तुम्हारे जीवन की प्रेरणा कभी भी नहीं थी। न अब, न पहले।"

धनराज अवाक् उसके मुँह की ओर देखने लगे। अनुराधा का चेहरा तो हतप्रभ-सा था, फिर स्निग्ध अलौकिक मुस्कान में खिलने लगा और आँखें किसी याद के ताजा हो जाने पर चमकने लगीं।

"तुम्हें याद है जब हम उसी पहाड़ी पर उस देश-सेवक की समाधि देखने आए थे? वह, जिसे फाँसी लगा दी गई थी?"

धनराज को वर्षों के बाद वह पुण्य यात्रा याद हो आई। उस दिन का एक-एक क्षण उनकी आँखों के सामने घूम गया। किस भाँति वह समाधि तक पहुँचते-पहुँचते थककर चूर हो गए थे, किस तरह दिन-भर उन्हें पानी की एक बूँद पीने को न मिली थी। किस तरह अनुराधा का चेहरा थकावट और प्यास से अलसा गया था। कई बार उन्होंने सोचा था कि लौट चलें। समाधि तक पहुँचना उनके लिए सम्भव न था। मगर उस वीर के बलिदान को सोचकर समाधि की तरफ पीठ न मोड़ी जा सकती थी।

"तुम्हें याद है जब हम समाधि पहुँचे तो तुमने क्या कहा था?"

"क्या कहा था, अनुराधा?"

"समाधि की धूल तुमने हाथ में लेते हुए कहा था : 'तुम मरकर भी जीते हो। जिस काम पर तुमने अपने प्राण निछावर किए, वह काम और भी तीव्र गति से आगे बढ़ेगा। तेरी मौत हमें आगे बढ़ने की प्रेरणा देगी, हमारे कदमों को मजबूत बनाएगी।'

"फिर तुमने मेरा हाथ पकड़कर, मेरी हथेली पर समाधि की चुटकी भर दारू रखते हुए कहा था : 'भला मौत भी किसी को मार सकती है। मौत तो उसकी प्रेरणा को जीवन दान देती है। असंख्य दिलों को रौशन कर देती है। उसकी राह चलनेवालों का मार्ग उज्ज्वल करती है।'"

अनुराधा की आवाज धीमी पड़ गई। शान्त स्थिर आवाज में बोली, "मैं तुम्हारी प्रेरणा नहीं हूँ, न कभी थी। तुम्हारी प्रेरणा वह काम था जिसमें जीवन की परम सार्थकता थी। वही हमारे प्रेम का स्रोत था, वही हमारे जीवन की आधार-शिला थी। तुम फिर उसी में अपनी प्रेरणा पाओगे। उसी में खोकर अपना जीवन सार्थक करोगे।"

धनराज सिर झुकाए, अनुराधा का एक-एक वाक्य, एक-एक शब्द सुन रहे थे। उनकी आँखों में आँसू छलक आए। अनुराधा ठीक ही तो कहती है। भला मौत से भी कभी प्रेरणा का अन्त हुआ है ? मौत तो प्रेरणा को और भी सजग कर देती है। मौत तो जीवन दान देती है, कर्तव्य में निष्ठा देती है, चलते रहने की शक्ति देती है। अब अनुराधा लौट आई है। हम फिर उन लोगों के जीवन में अपने-आपको खो देंगे। फिर अपने जीवन के एक-एक क्षण को सार्थक करेंगे।

बाबू धनराज ने सिर उठाकर, अपने कृतज्ञ, अश्रुप्लावित नेत्रों से अनुराधा की ओर देखा—पर अनुराधा वहाँ पर न थी! धनराज ने चारों ओर नजर घुमाकर देखा, पर अनुराधा नजर न आई। न दरवाजे के पास, न खिड़की के पास। अनुराधा कमरे में न थी। धनराज हैरान हो उठे। लड़खड़ाते पाँव से वह खिड़की की ओर गए और झाँक-झाँककर वह बाहर देखने लगे। मगर रात की निस्तब्धता को भंग करती हुई किसी के पाँव की आहट सुनाई न पड़ी।

बड़ी देर तक धनराज खिड़की के पास खड़े रहे, फिर कमरे में लौट आए, और धीरे-धीरे किसी स्निग्ध, उत्साहपूर्ण स्मृति में डूबे हुए वह शकुन्तला के कमरे की ओर चल पड़े।

छिपे चित्र

पागल कौन और संज्ञावान कौन—मेरे लिए इनमें भेद जानना बहुत कठिन हो गया है। आप कहेंगे, पागल और संज्ञावान में भेद कौन नहीं जानता! पर मैंने ऐसे व्यक्ति देखे हैं जो जीवन के सब कर्तव्य निभाते हुए, समाज की सब मर्यादाओं का पालन करते हुए भी पागल होते हैं। मैं सोचता हूँ कि हर मनुष्य के मस्तिष्क में एक चित्र होता है। वह चित्र जो कभी धूमिल और कभी स्पष्ट, कभी स्मृति बनकर और कभी स्वप्न बनकर उसकी चेतना के सामने सदा उपस्थित रहता है, और उसकी चेतना मृत्यु-पर्यन्त उसके इर्द-गिर्द अपने जाल बुनती रहती है, उसे सजाती है और सँजोती रहती है। बाहर के लोग इस छिपे चित्र को नहीं देख पाते, इसलिए मनुष्य का व्यवहार साधारण जान पड़ता है, पर यदि किसी की झलक मिल जाए तो उसी प्राणी के व्यवहार में छिपा पागलपन भी नजर आने लगेगा।

जब मैंने हरिसिंह को पहली बार देखा तो वह मुझे साधारण-सा आदमी नजर आया। उस वक्त उसकी उम्र 35-40 वर्ष के लगभग होगी। ढीला नाटा बदन, बड़ी-बड़ी काली मूँछें जो उसके दोनों होंठों को ढके हुए थीं। कुरूप-से चेहरे पर छोटी-छोटी तेज आँखें, वह सिर पर ढीली-सी टोपी पहने, बदन पर मैला-सा कुर्ता और पाजामा लटकाए मेरे सामने खड़ा हुआ कह रहा था—'मैं खाना बना सकता हूँ। घर का सब काम जानता हूँ साहिब, वर्षों से यही काम कर रहा हूँ।'

और उसे सिर से पाँव तक बार-बार देखते हुए मैंने यही सोचकर कि अभी भाग्य में अच्छा नौकर नहीं लिखा, उसका नाम-पता नोट करके उसे नौकर रख लिया था।

पर हरिसिंह देखने में जितना ढीला-ढाला था, काम-काज में वह उतना ही चुस्त निकला। उसमें न सुस्ती थी, न गन्दगी। इस पर उसे एक बार कही हुई बात को दोहराना न पड़ता, अपने-आप वह सब काम करता और बोलता कम था। धीरे-धीरे उसने घर का काम सँभाल लिया और हम सन्तुष्ट और निश्चिन्त हो गए।

एक दिन मैं शाम को घर पर लौटा तो मैंने देखा कि हरिसिंह रसोईघर में अँधेरे में बैठा दरवाजे की ओर पीठ किए एक दीये की स्थिर रोशनी में दीवार पर कुछ

लिख रहा है। मेरे कदमों की आहट न मालूम उसने सुनी या नहीं, वह लिखने में इतना व्यस्त था कि उसने मेरी ओर कोई ध्यान न दिया। मुझे उसकी लापरवाही कुछ अखरी जरूर पर मैं चुप रहा। मैं रसोईघर के दरवाजे पर धीरे से आकर खड़ा हो गया, उस क्षीण झुटपुटी रोशनी में मैंने देखा—उसने हाथ में एक लोहे का टुकड़ा पकड़ रखा था और उसकी तेज नोक से वह रसोईघर की दीवार पर कुछ लिख रहा था। मुझे बुरा लगा कि लोहे से दीवार कुरेदने का क्या मतलब? और फिर वह बिलकुल निरक्षर और अनपढ़ था। वह लिख क्या रहा था? मैंने ध्यान से सिर झुकाकर देखा—दीवार पर एक के साथ दूसरे पाँच-सात चौकोर-से खाने बने हुए थे, कुछ बेतरह-सी रेखाएँ—कुछ नीचे, कुछ ऊपर। बस, यही कुछ था। एक छह वर्ष का बालक भी इससे सीधी रेखाएँ खींच सकता था। मैं काफी देर तक इसके पीछे खड़ा यह क्रीड़ा देखता रहा। वह पहले एक सीधी लाइन खींचता फिर दाएँ-बाएँ से लाइनें एक भद्दी-सी चौकोर बनाता फिर उसके नीचे और ऊपर लाइनें खींचने लगता।

मैं खाँसा। मेरे खाँसने पर सहसा उसके हाथ रुक गए और उसने धीरे से सिर घुमाकर पीछे की ओर देखा। मेरा खयाल था कि मेरे खाँसने पर वह हड़बड़ाकर उठ बैठगा मगर उसने मेरी ओर गर्दन घुमाकर देखा और कितने ही क्षण देखता रहा। फिर वह सहसा जैसे अपनी तन्द्रा से जागा। झट से लोहे के टुकड़े को चूल्हे के पीछे फेंककर उठ खड़ा हुआ और रसोईघर के बाहर जाकर अपना काम देखने लगा।

"दीवार पर क्या लिख रहे थे हरिसिंह?"

वह चुपचाप खड़ा हो गया, बोला कुछ नहीं।

मैंने मुनासिब समझा कि उसे आगे के लिए डाँट दिया जाए, "इस तरह दीवार खराब करने का क्या मतलब है? जो कुछ लिखना-विखना भी हो तो पेंसिल के साथ कागज पर लिखो, यूँ लोहे से दीवार कुरेदने का कोई मतलब नहीं।"

यह कहकर मैं अपने कमरे में चला गया।

उस दिन के बाद मैंने उसे कभी दीवार पर लिखते नहीं देखा—न पेंसिल से, न लोहे के टुकड़े से। मैं सन्तुष्ट हो गया कि वह समझदार निकला। एक बार कहा, दूसरी बार कहने की जरूरत नहीं पड़ी।

मगर कुछ रोज बाद मैं शाम को एक किताब देख रहा था। जब मेरी स्त्री ने मुझे आकर कहा, "यह हरिसिंह को क्या हो गया है, दिन-ब-दिन सुस्त होता जा रहा है! न हूँ, न हाँ, सुबह से बर्तन पड़े हैं, अभी तक साफ नहीं किए।"

मैंने किताब पर से आँख उठाकर कहा, "शायद इसका स्वास्थ्य ठीक न हो। क्या तुमने उससे पूछा है?"

"स्वास्थ्य को क्या है, ठीक-ठाक है। बस, अब इसकी कली उतरने लगी है और क्या! दो दिन काम ठीक करते हैं जब टिक जाते हैं तो फिर वैसे-के-वैसे। अब एक-एक काम के लिए बार-बार कहना पड़ता है।"

''कुछ दिन और देख लो, शायद अपने-आप ठीक काम करने लगे।''

''यह काम अब ठीक नहीं करेगा, सब एक-से होते हैं।''

दो दिन और बीत गए। हरिसिंह का काम पहले से कुछ बेहतर हुआ, पर कोई विशेष फरक न था।

एक दिन अँधेरा पड़ने पर, जब मैं और मेरी पत्नी बाहर से घर लौटकर आए तो हरिसिंह ने चूल्हा, रसोईघर के बाहर, बरामदे में रखा हुआ था, और वहीं पर रसोई के बहुत-से बर्तन रखे, पूरा किचन बरामदे में चला रहा था।

देखते ही पत्नी क्रुद्ध हो उठी, ''यह सब बिना पूछे तुम बाहर किसलिए ले आए हो? जानते नहीं, धुएँ से बरामदे की दीवारें स्याह काली पड़ जाएँगी? तुम्हें अपनी मनमानी करने को किसने कहा था?''

हरिसिंह ने बिना मुँह ऊपर उठाए जवाब दिया, ''यह रसोईघर बहुत छोटा है, बीबीजी, अन्दर बैठो तो दम घुटता है।''

आखिर हरिसिंह कुछ बोला तो सही। पेश्तर इसके कि श्रीमतीजी कुछ कहतीं, मैं खुद बोल उठा, ''आज यहीं पर कर लो मगर कल इस बन्द खिड़की को खोल लो, तुम्हारा दम नहीं घुटेगा।''

बात खत्म हो गई। दूसरे दिन सुबह ही मैंने खिड़की खुलवा दी और हरिसिंह सब सामान अन्दर ले गया।

पर उसी शाम जब मैं दफ्तर से लौटा तो श्रीमती मुझे दहलीज में मिली।

''हरिसिंह तो चला गया है।''

मुझे इस ढंग का स्वागत अच्छा न लगा। मैंने घर में पाँव रखते हुए कहा, ''तो तुमने उसे जाने क्यों दिया?''

''किसी को कोई बाँधकर थोड़े रख सकता है! मैंने बहुतेरा समझाया, धमकाया मगर वह एक नहीं माना।''

''तो तुम्हीं को परेशानी उठानी पड़ेगी। आज का खाना तो उससे बनवा लिया होता।''

''खाना बन गया है। एक लड़के को साथ ले आया था कि इसे रख लो, मैंने फिलहाल उसी को रख लिया है।''

मैं अन्दर गया और मन की खीज भुलाने के लिए बैठक में अखबार लेकर जा बैठा। थोड़ी देर में श्रीमती भी अपनी सिलाई-कढ़ाई का काम लेकर पास ही पलंग पर आ बैठी। काफी देर तक हम अपने विचारों में उलझे रहे। फिर सहसा श्रीमती हँस पड़ी।

''क्या है? हँस क्यों रही हो?''

''मैं बताऊँ, हरिसिंह किसी बँगले में नौकरी करने गया है। ऐसा बँगला जिसके दरवाजे हरे रंग के होंगे और दीवारें पीले रंग की।''

''क्या मतलब? तो क्या कहीं नौकरी का इन्तजाम पहले से कर आया था?''

"मैं क्या जानूँ।" श्रीमती ने फिर हँसते हुए कहा, "आज जब दिन का खाना बना चुका था तो मेरे सामने आ बैठा। मैं उस वक्त बरामदे में बैठी सिलाई कर रही थी। कहने लगा : बीबीजी, इधर तुम खाली-खाली है। साहब काम पर चले जाते हैं, बेटी दिन-भर स्कूल में रहती है, मुझे अच्छा नहीं लगता। मैंने कहा, इससे तुम्हें क्या मतलब ? तो सिर हिला-हिलाकर कहने लगा : रौनकवाला हो बीबीजी, दस-पन्द्रह आदमी रहते हों, कोई आए कोई जाए। पाँच-छह बच्चे हों, बड़ा सा बँगला हो, बाहर छोटी-सी फुलवाड़ी हो और बँगले का रंग पीला और दरवाजे हरे रंग के हों। आठ-दस कमरे हों, और खिड़कियों पर लाल-लाल परदें हों। इसी तरह ऊल-जलूल बोलता रहा। फिर फर्श पर उँगली से एक खाका बनाने लगा : इधर भी कमरा है, यह भी कमरा है, यह साहब का गुसलखाना, इधर बैठनेवाला कमरा, इधर बच्चे बैठकर खेलते हैं...। मैं सब सुनती रही। दोपहर को जब छुट्टी करके लौटा तो एक लड़के को साथ ले आया और स्वयं छुट्टी माँगने लगा। बोला, बीबीजी, तुम इसे रख लो। मैंने बहुतेरा डराया-धमकाया मगर वह एक न माना। कभी मेरे पाँव पकड़ता, कभी हाथ जोड़ता। आखिर मैंने जाने दिया।"

मैंने अखबार मेज पर रख दिया और श्रीमती से कहा, "जरा बाहर चलो।"

"क्या है ?"

वह उठ खड़ी हुई और मैं उसे कुहनी से पकड़े रसोईघर की दीवार के सामने ले गया।

"क्या ऐसा ही खाका था ?" मैंने दीवार पर कुरेदी हुई रेखाएँ और चौकोर खाका दिखा दिया।" यह बैठनेवाला कमरा, यह साथ गुसलखाना, यह सामने शहर को जानेवाली सड़क..."

"अरे," श्रीमती ने हैरान होकर कहा और फिर चुप हो गई, जैसे सहम-सी गई हो!

फिर उसकी नजर किचन की सब दीवारों को देखने लगी। जगह-जगह पर इसी ढंग के ऊबड़-खाबड़ खाके खिंचे थे, अँगीठी के ऊपर, चूल्हे से दाईं ओर, सामने की दीवार पर दर्जनों चित्र खिंचे थे।

"हरिसिंह तो खासी जायदाद का मालिक था।" मैंने कहा।

"तो यह रसोईघर में बैठा यही कुछ किया करता था ?"

श्रीमती का दिल उसके प्रति पसीज उठा। बड़ी देर तक खड़ी वह इन खाकों को देखती रही, फिर बोली, "पगला, जो इतना ही बँगले में रहने की साध थी तो यहाँ आया ही क्यों ?"

और हम दोनों चुपचाप वापस लौट आए।

बहुत-से दिन बीत गए। इस बात को मैं तो धीरे-धीरे भूल गया मगर श्रीमती को याद रही। बरसात आई, बरसात के बाद दशहरा आया फिर दीवाली आई। घर में बड़ी तब्दीलियाँ हुईं, घर-भर में सफेदी हुई, हमने दो नौकर और बदल लिए, और

हरिसिंह का चेहरा हमें धीरे-धीरे भूलने लगा जब एक दिन हरिसिंह के बँगले हमें अचानक याद हो आए।

मैं और श्रीमती शाम के वक्त ताँगे पर छावनी से शहर की ओर लौट रहे थे। जो रास्ता छावनी से शहर को जाता है, वह है तो सीधा मगर शुरू में एक गहरी ढलान और ढलान के बाद एक ऊँची चढ़ाई आती है। यह चढ़ाई शुरू होने से पहले सड़क का थोड़ा-सा हिस्सा हमवार है जहाँ एक तरफ जानवरों को पानी पिलाने की घरनी है। हमारा ताँगेवाला यहाँ रुक गया, दो-तीन ताँगे पहले ही से खड़े थे। हम दोनों ताँगे पर से उतर आए और सड़क के किनारे टहलने लगे।

सड़क के दोनों तरफ सरकारी बँगले हैं। उन दिनों बरसात के बाद लगभग सभी बँगलों में लिपाई हो रही थी।

''देखो, कैसे खूबसूरत बँगले हैं।'' मैंने कहा।

''हाँ, कैसे धुले-पुते हैं, हर एक के बाहर फुलवाड़ी है...'' श्रीमती कहने लगी। फिर सहसा मेरा बाजू पकड़कर बोली, ''तुम्हें हरिसिंह याद है? वह जरूर यहीं कहीं काम करता होगा। वह भी ऐसे ही बँगले की कहता था, जिनके बाहर फुलवाड़ी हो, और न जाने क्या-क्या...''

मुझे भी हरिसिंह के बँगले का वर्णन याद हो आया। हमारे शहर में यही एक इलाका था जहाँ थोड़े-से बँगले थे। पर हरिसिंह को गए महीनों बीत चुके थे। क्या मालूम, वह कहाँ होगा?

''आओ, उस आदमी से पूछें।'' श्रीमती ने आग्रह से कहा। सामने एक बँगले के बाहर एक आदमी बैठा चिलम पी रहा था। हम सड़क पार करके उसके पास आ पहुँचे।

मालूम हुआ कि वह उसी कोठी का चौकीदार है और गढ़वाल ही का रहनेवाला है कि जिस जगह का हरिसिंह था। मैंने हरिसिंह को पूछा, उसका हुलिया वगैरह बताया तो उसने झट सिर हिलाते हुए कहा, ''मैं जानता हूँ साहब, मेरे देश का रहनेवाला है। उधर साथवाली कोठी में काम करता था मगर अब वहाँ नहीं है।''

''अब कहाँ है?'' मैंने पूछा।

''क्या खबर साहब, कहाँ है, यहाँ से तो निकाल दिया गया।''

''निकाल दिया गया, क्यों?''

वह क्षण-भर मेरे मुँह की ओर देखता रहा, फिर बोला, ''उसका कुछ मत पूछो सरकार, उसके नसीब में चक्कर है। वह कहीं भी टिकता नहीं है। इधर दो-तीन महीने रहा, वह सामने तीन नम्बर बँगला है, उसमें रहा। दो वर्ष पहले पिछवाड़े में गिरजेवालों का बँगला है, वहाँ रहा, और न मालूम कहाँ-कहाँ रहा, मगर सब जगह यही हाल है।''

''क्यों, क्या बात है? है तो ईमानदार आदमी?''

''हाँ, साहब, ठीक है, हाथ का साफ है, ईमानदार है, मगर उसकी किसी के साथ पटती नहीं है। वह बँगले में हुकूमत करना चाहता है। जो बँगले में माली है, चौकीदार है, बहिस्ती-भंगी हैं, सब पर रौब गाँठना, हुक्म चलाना, इससे बोल, इससे तकरार कर। उसे कौन समझावे कि भला तुझे क्या पड़ी है, तू अपना काम देख मगर नहीं, जैसे वही मालिक हो!''

''निकाला किस बात पर?''

''ड्राइवर से झगड़ा हो गया। ड्राइवर को धमकाने लगा कि मोटर को यूँ साफ नहीं करते, यूँ करते हैं। मोटर का काम ड्राइवर जानता है या रसोइया! ड्राइवर ने गुस्से में आकर उसे थप्पड़ दे मारा, तो बात बढ़ गई। साहब को मालूम हुआ तो उन्होंने फौरन उसे बर्खास्त कर दिया।''

मुझे सुनकर अफसोस हुआ। मुझे मालूम न था कि बँगलों की लालसा में यह दारुण व्यंग्य भी छिपा होगा।

''अब कहाँ है? क्या गाँव लौट गया है?''

''गाँव में क्या धरा है! एक माँ है जो अन्धी है और दूसरी घरवाली जिसे दिक का रोग है। यहीं कहीं काम ढूँढ़ता होगा।''

हम लौट आए और बड़ी देर तक उस विचित्र आदमी के बारे में सोचते रहे। मन विचलित और उदास हो उठा। वह किस मृगतृष्णा के पीछे वर्षों से भटक रहा है और भटकता रहेगा? एक तरफ फटेहाली, दूसरी तरफ बँगलों की सरतारी— हरिसिंह पागल नहीं था, तो क्या था?

इसके बाद फिर बहुत-सा समय बीत गया, शायद दो या तीन वर्ष। जब कभी हरिसिंह की याद आती, मन को धक्का लगता। एक बार मालूम हुआ कि इसी शहर में है। मगर कहाँ है, इसका भी कुछ पता न चला। एक बार मेरी धर्मपत्नी और बेटी ने उसे बाजार में भी देखा, दूध का बर्तन हाथ में उठाए हुए था, मगर बातचीत बहुत नहीं हुई क्योंकि श्रीमती को घर लौटने की जल्दी थी। उसके बाल सफेद हो रहे थे और सामने के दो-तीन दाँत टूट चुके थे।

आखिर एक दिन मैंने भी उसे देखा और यह मिलन भी उतना ही झूठा जितना कि पहला परिचय।

सितम्बर का महीना था। दशहरा नजदीक था। हमारे घर से थोड़ी दूरी पर रामलीला का आयोजन हुआ था। बेटी के आग्रह करने पर हम उसे वहाँ रामलीला दिखाने ले गए। और वहाँ पर मैंने हरिसिंह को आखिरी बार देखा।

रामलीला का मैदान धूल और गर्द से पटा पड़ा था। और भीड़ इस कदर ज्यादा थी कि स्टेज के नजदीक पहुँचना हमारे लिए असम्भव हो रहा था। फिर भी अपनी कोहनी और पशुबल की मदद से मैं जहाँ तक हो सका, इन्हें आगे ले गया और जहाँ जगह मिली, हम बैठ गए।

जब हम पहुँचे तो दशरथ–कैकेयी संवाद चल रहा था। महाराज दशरथ लम्बी दाढ़ी लगाए सिर पर मुकुट रखे अपनी हिलती तोंद को सँभाले स्टेज पर कभी बाएँ और कभी दाएँ घूम रहे थे। और कैकेयी, जिसका पार्ट कोई गहरी आवाजवाला लड़का खेल रहा था, अपने मनसूबी बाल खोले बार–बार छाती को साड़ी से ढकता हुआ चीख–चीखकर बोल रहा था। खेल अत्यन्त नीरस और रुचिहीन था। मेरा मन खीज उठा।

इतने में मेरी बेटी ताली बजाकर बोल उठी, ''वह देखो हरिसिंह!''

''कहाँ हैं?'' मैंने पूछा।

''वह जो राजा का पार्ट कर रहा है।''

मैंने ध्यान से देखा। बेटी ने खूब पहचाना था। हाँ, वही था, दाढ़ी और मुकुट और राजसी बाने के होते हुए भी हरिसिंह अपना ढीला–ढाला बदन और चाल छिपा न पाया था। अपनी छोटी–सी तोंद को सँभाले उसका स्टेज पर चक्कर काटना और दोनों हाथ उठा–उठाकर विलाप करना अत्यन्त हास्यास्पद था।

फूलाँ

म्यूनिसिपैलिटी के क्लर्क दाताराम की बीवी, फूलाँ, अपना ढाई मन का भारी-भरकम शरीर थामे, पलंग पर बैठी रो रही थी। आँखों में से झर-झर गिरते आँसू गालों की गेंदों पर रुकते, लुढ़कते कभी गर्दन की सिलवटों में, कभी छलाँग लगाते सीधे कमीज पर गिर रहे थे। गालों के उभार और आँखों के बीच आँसुओं के दो नन्हे-नन्हे ताल बन रहे थे, जिन्हें फूलाँ बार-बार पल्ले से सुखाती मगर वह फिर भर उठते। सिर हिलाती हुई, एक हाथ को चिबुक पर रखे, बार-बार कहती, ''अब माणों नहीं आएगी। मैं कहती हूँ, अब वह कभी नहीं आएगी। मैं कलमुँही, मैं उसे न दुत्कारती तो वह क्यों जाती ? बस बहिनजी, यहाँ पलंग पर वह मेरे साथ बैठी और मैं उसे कोसने लगी।''

मुहल्ले की तीन-चार औरतें और कई एक लड़के-लड़कियाँ फूलाँ के इर्द-गिर्द जमा थे मगर किसी की आँखों में हमदर्दी की बूँद तक न थी। लड़कियाँ तो बल्कि कनखियों से एक-दूसरी को देख-देखकर मुस्कुरा रही थीं।

''हा! गया वक्त हाथ नहीं आता। जो मैं उसे न टोकती तो वह क्यों जाती ? मैंने अपने हाथों से घर की लक्ष्मी को निकाल दिया।''

इस पर एक पड़ोसिन, गोमती की माँ, चौकी पर से उठकर फूलाँ के पास पलंग पर आ बैठी और फूलाँ की पीठ पर हाथ फेरते हुए बोली, 'चिन्ता मत कर फूलाँ, भला ऐसे भी कोई दिल हल्का कर लेता है। मैं अब भी कहती हूँ कि वह यहीं कहीं पर होगी! तू क्यों रो-रोकर आधी हुई जाती है ?''

गोमती की माँ का यह कहना था कि सब लड़कियाँ मुँह छिपा-छिपाकर हँसने लगीं।

''हैं मूरख! यूँ भी कोई हँसता है ? शरम-हया तो घोटकर पी गई हो। उसे ढूँढ़ने तो जाती नहीं, यहाँ डाँग की डाँग खड़ी हँस रही हो।''

फूलाँ ने खिड़की में से बाहर झाँककर देखा और फिर हाथ हिला-हिलाकर बोली, ''देखो तो, ऊपर कौन-सा वक्त आ रहा है। काली रात पड़नेवाली है, अब मैं उसे कहाँ ढूँढ़ूँगी ?''

"चाचाजी आएँगे तो मिल जाएगी, चाची।"

"तेरे चाचाजी को क्या पड़ी है—कोई मरे, कोई जिये। दफ्तर से उठते हैं, मन्दिर जा बैठते हैं। भला मन्दिर कहीं भागा जाता है ? दोपहर से माणों गायब है, उनका दिल भी नहीं किया कि घर आके पता ही कर लूँ। जैसे उनकी कुछ लगती ही न हो!"

और फूलाँ की देह, सिसकियों के साथ-साथ फिर थिरकने लगी।

माणों बीबी जो सुबह से घर से भागी हुई थी, और कोई नहीं, केवल एक काले और सफेद रंग की छोटी-सी बिल्ली थी। फूलाँ ठीक कहती थी। सुबह उसने आधा प्याला दूध पिया, पलंग के पाँयते बैठी, फूलाँ की घुड़की सुनी और घर से भाग गई।

"मैं उसके कौन-कौन से गुण गिनाऊँ बहिनजी, मैं उसे छाती से लगाकर सोती थी। रात को वह रोज अपना बिस्तर छोड़कर चुपके से मेरे पाँयते आ घुसती, मैं उसे खींचकर छाती से लगा लेती। कभी उसने मुझे तंग नहीं किया। मैं जो कहूँ, नीचे बैठ तो नीचे बैठती। जो कहूँ ऊपर बैठ तो ऊपर बैठती। दूध सामने पड़ा रहता, जब तक मैं न कहूँ, मुँह न लगाती।"

गोमती की माँ वीराँ ने हामी भरी, "तुमने फूलाँ, वह किया जो कोई अपने सगे-सम्बन्धियों के लिए भी नहीं करता। तेरा किया तो वह उम्र-भर नहीं उतार सकती। पर जो उसका भाग्य ही खोटा था तो तेरा क्या बस ?"

फूलाँ झुककर पलंग के नीचे एक हरे रंग की छोटी-सी दुलाई और पीले रंग की खेसी निकाल लाई।

"देख वीराँ, मैं मोह की मारी, उनके लिए क्या-क्या बनाती फिरी। जो मैं जानती, वह यूँ बिछोड़ा दे जाएगी तो मैं क्यों उसके लिए इतना कुछ करती ?" और फूलाँ फिर फूट पड़ी।

मोटापा बड़ा बेदर्द होता है। छोटी कायावाले रोते हैं तो जल्दी ही सँभल भी जाते हैं। मोटा आदमी न रोना सँभाल सकता है, न हँसना। फूलाँ के घर जब माणों आती तो फूलाँ के प्यार के बाँध टूट पड़ते। दिन-भर उसी को खिलाती, उसी से लाड़ करती। दीन-दुनिया भूले हुए थी। और अब जो वह भाग गई तो फूलाँ की सिसकियाँ ही न थम पाती थीं।

"यह पहली बार न था जो माणों घर से भागी हो। पिछले साल वह चार बार भाग चुकी थी। मगर रात पड़ने से पहले अपने-आप लौट आती रही थी। एक बार ब्राह्मणी का बेटा बिशना उसे पकड़कर ले गया तो शाम को उसकी माँ लौटा गई। एक बार मुहल्ले के चौकीदार को सड़क पर मिली और माणों उसके पीछे-पीछे चलती-चलती आ गई। तीसरी बार बाबूजी उठा लाए थे। मगर अब अँधेरा पड़ रहा था। जो अभी तक नहीं आई तो जरूर कुछ बात हो गई होगी।"

अब फूलाँ से न रहा गया। बदन को घसीटते-खींचते वह पलंग से उतरकर फर्श पर आ खड़ी हुई। शरीर की सिलवटें खुल-खुलकर अपनी-अपनी जगह आने लगीं। और स्थूलकाय फूलाँ, अपनी छोटी-छोटी टाँगों पर अपने बदन का सारा बोझ उतार, पल्ला सँभालती, सलवार को ऊपर खींचती, दरवाजे के सामने जा खड़ी हुई और बार-बार बाहर झाँकने लगी। फिर उससे न रहा गया। कमरे में घूमकर आई और गोमती से बोली, "जा तो मेरी दुलारी बहिन, एक बार फिर देख आ। क्या मालूम, आ गई हो और कहीं रूठी बैठी हो! मैं शरीर की हारी उसे कहाँ ढूँढ़ने जाऊँ?"

गोमती धीरे से उठी और चाची फूलाँ से मुँह छिपाती, मुँह में दुपट्टा ठूँसती बाहर छज्जे पर आ गई। उसके पीछे-पीछे उसकी सहेलियाँ भी निकल आईं। छज्जे पर पहुँचते ही चारों सहेलियाँ ठहाका मारकर हँस पड़ीं।

फिर एक धीरे से बोली, "हाय, बेचारी कितना रोती है!"

दूसरी ने जवाब दिया, "रोएगी क्यों नहीं, सनक जो गई है।"

चारों सहेलियाँ माणों को ढूँढ़ने के लिए छज्जा पार करके सीढ़ियाँ उतरने लगीं। नीचे पहुँचकर गराज के सामने गईं तो गराज बन्द था। दरवाजे के छेकों में से झाँक-झाँककर अन्दर देखा, चारों ने माणों-माणों पुकारा, मगर कोई आवाज न आई। फिर वे लौट पड़ीं और गराज के पास बड़े सरकारी स्टोर के अन्दर झाँकने लगीं।

इधर लड़कियाँ माणों को ढूँढ़ रही थीं, उधर गोमती की माँ वीराँ, फूलाँ के घुटने पर हाथ रखे कह रही थी, "फूलाँ, तू किसी का बच्चा गोद ले ले। यह पिल्ले पाल-पालकर तुझे क्या सुख मिलेगा? इधर ब्राह्मणी के सातवाँ बच्चा हुआ है, कहो तो बात करूँ?"

फूलाँ, मुश्किल से अपने आँसू पोंछ रसोई बनाने के लिए उठी थी।

"ले, यह तू कहाँ की बात ले बैठी, वीराँ? अब मेरी उम्र है बच्चे पालने की? मुझसे अपना शरीर तो सँभलता नहीं, मैं बच्चा पालूँगी?"

"कोई पला-पलाया तीन-चार साल का ले ले।"

"क्यों भला? यह बखेड़ा अब मुझसे नहीं हो सकता। मुझसे अब बच्चों के पीछे नहीं दौड़ा जाता। बच्चे चलने लगें तो उनकी टाँगों को पर लग जाते हैं। घर में तो वे टिकते ही नहीं। मैं कहाँ उनके पीछे-पीछे भागती फिरूँ?"

फूलाँ ने ऐसी बात कही जैसे बच्चे पालना सचमुच पिल्ले पालने से कठिन काम हो!

पड़ोसिनों ने एक-दूसरी की तरफ देखा, मुस्कुराईं, फिर उनमें से एक दोनों हाथ हिलाकर बोली, "हाय, कैसी प्यारी थी! उसकी आँखें तो रात को यूँ चमकें, जैसे हीरे हों! मैं तो कहूँ कि यह बिल्ली नहीं, पिछले जन्म की कोई घर की नातिन है। फूलाँ की गोद में से तो उतरती ही न थी!"

इस पर एक दूसरी बोली, ''तू व्याकुल न हो फूलाँ, तुझे देखकर न जाने कैसा कलेजा हो जाता है। इतना रोने से क्या मिलेगा? तू अब यही समझ कि उसके इस घर में दिन पूरे हो गए थे।''

अँधेरा बढ़ने लगा और लड़कियों ने जब माणों की कोई खबर न दी, तो वीराँ फिर मुँह पर हाथ रखकर बोली, ''है भला, दिन-दहाड़े माणों चली जाए और हम बैठे एक-दूसरे का मुँह ताकते रहें? चल फूलाँ, धीरे-धीरे सीढ़ियाँ उतर चल, जो मुहल्ले में हुई तो भागी हुई तेरी टाँगों से लिपट जाएगी।''

और साथ ही एक लड़के को बाबूजी की तरफ दौड़ाया।

''भागकर जा और फूलाँ के बाबूजी को दफ्तर से बुला ला। उन्हें कहना, छुट्टी लेकर आ जाएँ।''

फूलाँ और गोमती की माँ और हमसायनों के लड़के-लड़कियाँ जब मैदान में आए तो खबर उड़कर सारे मुहल्ले में फैल गई कि फूलाँ चाची की बिल्ली खो गई है। पहले जब फूलाँ कभी-कभी माणों को गोद में उठाकर मैदान में आती थी तो लड़के अपना खेल भूलकर उस पर हँसने लगते थे। अब तो फूलाँ पड़ोसियों के साथ माणों को ढूँढ़ने निकली तो तमाशा बन गया। मुहल्ले-भर के लड़के फूलाँ के इर्द-गिर्द आ खड़े हुए।

एक ने कहा, ''मैंने उसे देखा है। दोपहर को जब मैं दही लेने जा रहा था तो वह गराज की छत पर बैठी थी। उसके बाद मैंने नहीं देखा।''

दूसरा बोला, ''मैंने उसे मैदान के पार जाते देखा था। सड़क की तरफ जा रही थी।''

इतने में पीछे से आवाज आई, ''वह देखो, माणों आ गई!''

''कहाँ?'' कहकर सब घूमे।

''ओह, नहीं, वह तो कुत्ता है।'' और सब लड़के हँसने लगे। तो एक ने तालियाँ भी बजाईं।

फूलाँ के घर के सामने एक मैदान था, और मैदान के एक तरफ साथ-साथ तीन गलियाँ अन्दर को गई थीं। फूलाँ जब मैदान लाँघकर गली की ओर जाने लगी तो लड़कों का जुलूस भी उसके पीछे चला।

फूलाँ उसी तरह व्याकुल और बेसुध चारों तरफ माणों को ढूँढ़ती हुई चली जा रही थी। गली के सिरे पर पहुँचकर एक दीवार के पास खड़ी हो, ऊँची-ऊँची आवाज में पुकारने लगी, ''माणों! माणों! मेरी रानी, आ जा! आ जा मेरी बच्ची! अब मैं तुझे कभी कुछ न कहूँगी।''

इस पर एक लड़का कूदकर दीवार पर चढ़ गया और वहाँ से ऊँची-ऊँची आवाज में बोला, ''आ जा, मेरी बच्ची, आ जा! आ माणों, मेरी रानी, आ जा!!''

और इसके बाद कई लड़के इसी अन्दाज में आवाजें लगाते हुए माणों को पुकारने लगे।

जुलूस काफी दूर तक जाता तो अँधेरा न बढ़ने लगता और फूलाँ की पड़ोसिनों को फूलाँ की दुर्दशा पर तरस न आ जाता। गोमती की माँ ने लड़कों को दुत्कारा, पीछे हटाया और बड़े आग्रह से उसका हाथ पकड़कर उसे उसके घर वापस ले गई। लड़के बिखर गए और पड़ोसिनें फूलाँ के भाग्य की चर्चा करती हुई धीरे-धीरे अपने-अपने घर चली गईं।

फूलाँ घर पर लौट तो गई मगर उसके मन को चैन कहाँ? खाली घर जैसे काटने दौड़ता था। वह पहली रात थी जब माणों उसकी गोद में न थी। फूलाँ ने जैसे-तैसे हुआ, रसोई बनाई। फिर सालन, रोटियाँ, दूध का कटोरा ढक-सँभालकर रखा और चौके में से निकल आई। जल्दी से माणों के प्याले को दूध से भरकर ऐन मेज के नीचे रखा जहाँ माणों उसे रोज पिया करती थी। फिर लैम्प हाथ में उठाकर, धीरे-धीरे सँभलती-ठहरती सीढ़ियाँ उतरने लगी। पाँच वर्ष के बाद दिन में दूसरी बार सीढ़ियाँ उतरते हुए उसके पाँव काँप रहे थे, और लैम्प हाथों में डोल-डोल जाता था।

इधर फूलाँ माणों-माणों करती हुई बिल्ली के पीछे प्राण दे रही थी, उधर फूलाँ का घरवाला, बाबू दाताराम, सनातन धर्म मन्दिर के बाहर भक्तों के जूते जोड़ रहा था। घर आकर क्या करे? फूलाँ तो मोह के बीच में फँसी पड़ी है, वह क्यों उसमें फँसे? उसके लिए सेवा में आनन्द था। फूलाँ का घरवाला पानी के महकमे में बाबू था, पर इससे अधिक वह सनातन धर्म मन्दिर का सेवादार था। जब जवानी के दिन थे तो दफ्तर से वक्त पर घर आ जाया करता था। कभी-कभी फूलाँ को घुमाने भी ले जाया करता था। और फूलाँ हाँफती हुई सड़क के एक सिरे पर होती तो वह दूर दूसरे सिरे पर जा पहुँचता और सब हमसाए हँसते थे। मगर जवानी के बाद ज्योंही बाल सफेद होने लगे, और घर में कोई तीसरा जीव न आया, तो मन वैराग्य से भरने लगा। अब आगे फिकर करनी चाहिए। फूलाँ तो मोह के जाल में लिपटी पड़ी है, वह खुद तो सेवा करके कुछ पुण्य कमा ले ताकि अगले जन्म में काम आए। यूँ गिरस्ती और रोजी दोनों के कर्तव्य बड़े निर्लिप्त मन से निभाए जा रहा था, पर मन उसका भगवद्-भजन में ही था।

बाहर चाँदनी छिटकी हुई थी और कुहरा पड़ने लगा जब फूलाँ लैम्प उठाए, गलियों के अँधेरे कोनों, छज्जों और सीढ़ियों के नीचे, घूरों और दीवारों पर माणों को ढूँढ़ रही थी। गलियाँ सूनी पड़ी थीं। लोग अपने-अपने घरों में, आग तापते, अपने बाल-बच्चों के साथ सुख की घड़ियाँ बिता रहे थे। कहीं-कहीं घरों के अन्दर बैठी फूलाँ की साथिनों ने उसकी आवाज सुनी, कोई हँसी, किसी ने आह भरी, मगर सब अपने-अपने बच्चों को खिलाने-पिलाने में व्यस्त थीं, कोई बाहर न आई। और आती भी क्योंकर? फूलाँ तो पिल्ले के मोह में सनक गई थी।

फूलाँ दो गलियाँ घूम-घाम कर तीसरी में जाने ही वाली थी कि एक जगह उसे ऐसा भास हुआ जैसे उसने माणों को देख लिया है। एक दीवार पर दो बिल्लियाँ एक-दूसरी के पीछे भागी जा रही थीं। फूलाँ अभी घूमकर उन्हें देख ही रही थी कि वह छलाँग लगाकर दीवार के दूसरी तरफ चली गईं, और दीवार के पीछे से उनके लड़ने-चीखने की आवाजें आने लगीं। फूलाँ भागती-गिरती उस दीवार के नीचे जा खड़ी हुई।

''माणों! माणों! आ जा! पगली, यहाँ क्या कर रही है? यह वक्त कोई बाहर घूमने का है?''

फूलाँ उसी दीवार के नीचे खड़ी हो गई, और बार-बार माणों को पुकारने लगी। उसे विश्वास था कि माणों उसकी आवाज सुनते ही भागकर उसके पास लौट आएगी। मगर माणों नहीं आई। खड़े-खड़े फूलाँ के पाँव सुन्न होने लगे। वह मन-ही-मन क्षुब्ध और दुखी होने लगी कि माणों उसकी आवाज सुनकर भागी क्यों नहीं आई। जब गली के सिरे पर उसे कोई आदमी आता हुआ नजर आया, झट पहचान गई और भागी हुई उसके पास जा पहुँची और बोली, ''माणों मिल गई है! इस दीवार के पीछे अभी-अभी मैंने उसे जाते देखा है।''

''तू यहाँ क्या कर रही है? सारा घर खुला पड़ा है। तू सीढ़ियाँ कैसे उतर आई?''

''माणों इस दीवार के पीछे अभी भागकर गई है!''

बाबू दाताराम पहले ही माणों की वार्ता सुन चुका था। गुस्से से भरा हुआ घर से निकलकर आया था। यूँ पहर रात गए एक बिल्ली के पीछे मारे-मारे फिरना उसे अज्ञान और मोहान्धता की चरम सीमा नजर आई। बिगड़कर बोला, ''तूने मुझे रुस्वा कर दिया है, कहीं का नहीं छोड़ा। एक पिल्ले के पीछे भागती फिरती है। यह वक्त होता है भगवान के चरणों में बैठने का, तू बिल्लियाँ-कुत्ते ढूँढ़ रही है। तेरी अकल ठिकाने है या नहीं?''

मगर फूलाँ गिड़गिड़ा के फिर बोली, ''मेरा दिल कहता है कि माणों दीवार के पीछे है। वह सुनी तुमने आवाज?''

''मेरी बला से, मरी है या जीती। तू घर चल!''

''हाय-हाय, शुभ-शुभ तो बोलो! तुम तो ऐसी बातें कर रहे हो, जैसे माणों कोई परायी हो!''

''जो माणों है तो इस वक्त तुझे वह पकड़ाई देगी? जानती नहीं, आजकल इनका मौसम है? नजदीक जाओ तो वह काटने को दौड़ेगी। अब भगवान के वास्ते घर चल!''

और बाबू दाताराम घसीटकर फूलाँ को घर ले चला।

उस रात जब फूलाँ और बाबू दाताराम अपनी-अपनी खाट पर लेटे तो बाबू दाताराम का मन भारी हो उठा। मन में पश्चात्ताप आने लगा। इसमें इसका क्या दोष?

मोह-माया में डूबी हुई है, पर इनसे इसका दिल तो भरा रहता है। बिल्ली से भी घर भरा-भरा तो लगता था। तीन जीव तो घर में सोते थे। अब तो यहाँ और खाली-खाली लगेगा।

फिर विचारों की शृंखला स्मृतियों में जा मिली। मुँह में से हल्की-सी साँस निकाली। सभी कहते थे कि हकीम आसानन्द के पास गर्भ का नुस्खा है। जो उसकी दवाई करते तो शायद ठीक हो जाती। शायद इसके भी बाल-बच्चे हो जाते। फिर उसी वक्त दिल में एक और हूक-सी उठी। मैंने भी जिन्दगी में क्या सुख पाया? बाँझ औरत घर बिठा ली। सब कहते थे, दूसरी शादी कर लो। जो उस वक्त शादी की होती तो घर में पाँच-पाँच बेटे होते।

दाताराम की आँखों के सामने इस छोटे-से घर का आँगन खेलते बच्चों से भर गया। कोई मेज पर चढ़ा हुआ था, कोई खिड़की पर, कोई फर्श पर बैठा कागज और खिलौने फैलाए खेल रहा था। कोई माँ के साथ चिपटा हुआ था।

बाबू दाताराम के मन की सोई हुई ख्वाहिशें जागने लगीं। अब भी इसे इसके बाप के घर भेज दूँ और दूसरा ब्याह कर लूँ। या, यह यहीं पड़ी रहे मेरा क्या लेती है! बाल-बच्चे का मुँह तो देखूँगा। बाबू दाताराम के मन को सहसा धक्का-सा लगा। उसी वक्त सिर के नीचे से दोनों हाथ निकालकर छाती पर जोड़ लिये और मन-ही-मन प्रार्थना की : हे भगवान, मेरे गुनाह माफ करना। यूँ ही मेरे मुँह से निकल गया। मेरे मन में अब कभी इसे छोड़ने का विचार नहीं आएगा। जिसमें तेरी रजा है, मैं उसी में खुश हूँ।

प्रार्थना अभी समाप्त नहीं हुई थी कि फूलाँ की खाट के चटखने की आवाज आई। फूलाँ करवट ले रही थी।

''सुनो जी, सो गए कि जागते हो?''

''क्या है फूलाँ?''

''क्या माणों अब कभी वापस नहीं आएगी?''

बाबू दाताराम की विचार-शृंखला भंग हो गई और मन अतीत से वर्तमान में आ पड़ा। मगर सँभल गए, और क्रोध को दबाते हुए बोले, ''अब सो जा फूलाँ, कान मत खा। मैं क्या जानूँ, आएगी या नहीं!''

''जो बिल्लियों के बच्चे-बाले हो जाएँ तो क्या वह घर छोड़ जाती है? अपना घर अलग बसा लेती है?''

बाबू दाताराम का मन झुँझला उठा। कुछ कहने ही जा रहे थे कि फूलाँ ने बड़े आग्रह से कहा, ''अच्छा, जहाँ रहे, सुखी रहे! पर अब जो माणों आ गई तो उसे मैं कभी आँखों से ओझल नहीं होने दूँगी। उसके बाल-बच्चे भी हुए तो उन्हें अपने पास रखूँगी। मैं पाँच-पाँच बच्चे पाल सकती हूँ। बच्चे पालने में है ही क्या?''

और फूलाँ माणों के लौटने की फिर राह देखने लगी, और बाबू दाताराम का मन फिर घर से उचाट होने लगा।

ऐन उसी वक्त, माणों, चुपके से बाहर से आई और फूलाँ के पलंग के पाँयते दुबककर बैठ गई।